Xiron Poetry Club
磨铁读诗会

Shuntaro Tanikawa　[日] 谷川

宝音

前言

说到自选集，或许有人认为，是作者选编了自己引以为豪的好作品，但就这部诗集来说，也不能如此断言。类似这种文库版诗选集，我已经出版了好几部，所以，我不想再做与它们重复的书。虽然如此，要是完全不收入被世人称为代表作的作品，对初次通过这部书接触到我诗歌的读者而言，也会有失亲切吧。

我从十七岁开始写诗，到如今已经写了六十多年。所以，趁这个机会，追寻一下自己随年龄而变化的痕迹也不错。另外，也想回顾一下自己曾经用各种各样不同的文体写下的诗。脑子里虽然盘旋过各种念头，一旦选起来，就没有什么可犹豫了，几乎都是即兴而选的。

有些作品虽然没怎么得到世人的评价，但是我自己喜欢。与此相反，有些作品虽然被收入教科书，但其中也有我不甚满意的地方。自选的时候，相较于关注自我，我是把更多目光投向了读者，但同时，对我来说，必不可少的是需要一种介于作者和读者之间的编辑的冷静目光。这样回顾的时候，我重新认识到，要让一个诗人写的诗问世，需要很多人的帮助。

  我不喜欢高贵的诗集。所以，希望这部自选本能够成为读者案头轻松愉快的读物，或在旅行时翻阅的读物。

谷川俊太郎
2012 年 11 月

目录

二十亿光年的孤独

001　悲哀

002　尼禄

005　一九五一年一月一日

十八岁

010　我要创造

012　合唱

六十二首十四行诗

013　第 1 首

014　第 49 首

015　第 61 首

六十二首十四行诗 + 36

016　　第 19 首
017　　第 24 首

关于爱

018　　爱
020　　比利小子
022　　月亮的循环

绘本

024　　活着
025　　天空
027　　家族

致你

031　　悲伤
032　　反复

21

033　　今天的即兴表演

041　诗的眼睛

诙谐诗九十九首

042　除名
043　生长
044　谎言与真实

谷川俊太郎诗集（思潮社）

045　水的轮回

谷川俊太郎诗集（河出书房）

051　乞丐
052　在美丽的夏日早晨
054　诗

旅

055　鸟羽 1
056　鸟羽 3
057　旅 7
058　anonym 1

谷川俊太郎诗集（角川文库）

- 059　免费
- 060　年初誓言
- 061　颜色
- 062　贝多芬

谷川俊太郎诗集（现代诗文库）

- 063　公园抑或是宿命的幻影

俯首青年

- 065　和平
- 068　去荒野
- 070　钢琴
- 071　树

谷川俊太郎诗集（角川书店）

- 074　午餐
- 075　悲剧
- 076　幻听

小鸟在天空消失的日子

078　这里
082　微笑
083　微笑的含义
084　父亲
085　引诱

深夜，我想在厨房和你搭话

087　草坪
088　莎士比亚之后

定义

091　剪子
093　观察玩水

塔拉玛伊卡伪书残篇

094　塔拉玛伊卡伪书残篇（抄）

谷川俊太郎诗集续集（思潮社）

097　回乡

099	心灵速写 A
100	心灵速写 D

除此之外

101	七页
102	一个躯体
106	风
107	云
108	水
109	明天
111	春天的曙光

可口可乐课程

112	何处
115	新年会备忘录

童谣　续集

122	悄悄之歌
123	普通的男人
124	什么都不需要的老奶奶

倾耳静听

125　你

日子的地图

137　早晨
139　棉布私记
141　睡觉

震惊

143　大便
145　我说

对诗 1981.12.24—1983.3.7

147　第 6 首
149　第 12 首

信笺

151　奏乐
153　阳气

诗歌日历

154 一月一日

155 十二月十五日

无聊的歌

156 每当蒲公英盛开时

157 屎

158 梦的夜晚

159 黄昏

一年级学生

160 彩虹

161 面包

裸体

162 再见

163 你

165 花

忧郁顺流而下

166　宝丽来相机

168　VTR

灵魂最美味的部分

170　你在那里

172　三个印象

致女人

176　未生

177　……

178　后世

关于赠诗

179　出生

180　小腿

孩子的肖像

181　多谢款待

182　笑

183　哭了啊

不知世故

184 晚霞

186 傍晚骤雨来临之前

188 关于理想诗歌的初步说明

富士山和太阳

190 飞机

191 鬼

听莫扎特的人

192 总之你是

194 不会相爱的人也会

196 TGV à Marseille

与其说是雪白

198 加法和减法

201 忍耐

203 地球的客人

克利的绘本

205　定音鼓演奏者
206　死亡与火焰

谷川俊太郎诗集（春树文库）

207　十二月
208　不被任何人催促地

大家都温和

210　圣诞节
212　骸骨
214　我们的星星

克利的天使

216　天使和礼物
217　现世的最后一步
219　戴铃铛的天使

minimal

220　坐

222 然后

224 歌

226 泥土

夜晚的米老鼠

227 一百零三岁的阿童木

229 啊啊

231 看什么都像女阴

233 不高兴的妻子

235 那个人到来

夏加尔和树叶

237 夏加尔和树叶

239 走路

241 语言

243 那一天

245 请求

喜欢

247 奶奶和广子

249　　细绳

250　　细绳（二）

251　　歌

我

253　　自我介绍

255　　再见

257　　凝视院子

259　　去见母亲

261　　说再见是暂时的

263　　不死

孩子们的遗言

267　　出生了啊　我

269　　讨厌

270　　谢谢

特隆姆瑟拼贴图

272　　临死船

诗的书

280　触及灵魂

282　黑暗是光之母

284　如果可以的话

286　探病

289　**解说**

319　**谷川俊太郎年表**

悲哀

在那听得到蓝天波声的地方
我好像遗失了某种
出乎意料的东西

在透明的往日车站
站在失物认领处的门前
我竟格外悲哀

1950.3.3

尼禄

致心爱的小狗

尼禄
夏天很快又要来临
你的舌头
你的眼睛
你午睡的姿势
此刻清晰地复活在我眼前

你才知道了两个夏天
而我已知道了十八个夏天
此刻我回想起属于自己和不属于自己的各种夏天
梅森拉菲特的夏天
淀的夏天
威廉斯堡大桥的夏天
奥兰的夏天
于是我想
人类究竟知道了多少个夏天

尼禄

夏天很快又要来临

但那不是你存在时的夏天

是另一个夏天

完全是别的夏天

新的夏天就要来临

我将知道各种新鲜的事情

美丽的事情　丑陋的事情　让我振作起来的事情

让我悲伤的事情

于是我质问：

究竟是什么

究竟为什么

究竟该如何是好

尼禄

你已经死了

为了不让任何人知道你独自去了远方

你的声音

你的触感

甚至你的心情

此刻都清晰地复活在我眼前

但是尼禄

夏天很快又要来临

新的无限辽阔的夏天就要来临

然后

我还是走过去吧

迎接新的夏天　迎接秋天　迎接冬天

迎接春天　期待更新的夏天

为了知道所有新鲜的事情

然后

为了回答我所有的质问

1950.6.5

一九五一年一月一日

少女：
"温暖的一切让金属的死沉没
花朵、树木和河流在地图上变脏
音乐像半旗一样中断
众神背过去的脸——那涸竭的源泉中
我烧掉寂静和珍贵的衣服
之后只剩下扔掉一切"

博士：
"恐怖在剥开我
现实中赤裸裸的公理一旦触及皮肤
高次元就会坠入器官
抽象和感情被拷问
散发着焦臭的叙事诗开始翻滚
人类将永不存在"

大海：

"为了沉下去的灵魂们

我的怜悯渐渐成为祈祷

为了沉下去的愚蠢

我的悲叹渐渐成为愤怒

深深充盈的寂寞

使我的姿势汹涌起来"

乞丐：

"追忆使我沉重

但是我不知道该控诉的对手是谁

能让我相信的只有我的狗和我的木碗

幸福已死

爱已死

不久我的身躯也将死去"

猫：

"不安透过毛皮像硝烟一样渗入

它让本能变得阴沉

漫长的黑暗改变了我眼睛的绿

即将出生的孩子们的哀叹里

由于对原始时代的乡愁

我在半夜不停叫唤"

少年：

"必须活下去

必须相信

必须行动

年轻使我高大

我要毫无畏惧地站在枪口前

毫无畏惧地高喊：不要做那种事"

原子弹：

"只有诅咒在支撑我

无知和傲慢

将一个法则变为畸形

从那里一切都开始裂缝

不久虚无将做着蘑菇的形状

一瞬间照耀宇宙吧"

月亮：

"令夜晚变得美丽

令死者的眼睛闪耀

这使我悲伤

我上面没有任何人

你可以触摸我

这样你也能感知地球的冷漠吧"

士兵：

"我困惑

尽管我具备强壮的肌肉和坚强的心灵

错综复杂令我目眩

关于进步和死亡我一无所知

但我知道城镇和爱情、云朵和歌声

我想为它们而活"

机构：

"我不知道

我仍是人类的奴隶

我冷漠，但是

我在等待一位天才

莫

相信所有的人"

神：

"是我创造的——

1951.1.15

我要创造

我要创造透明而洁白的小狗
从我刚刚洗过的感知的围裙里

我要创造
具有彼得·潘那样的朝气
只吃宫泽贤治的诗
身穿自动漂白毛皮的
透明而洁白的小狗

它们被我心灵的投影定义
有着十几岁幼稚的尾巴
和十几岁诚实的眼睛
极其天真地大声吠叫

希望我所有的小狗
至少都能活半个世纪
但是我所有的小狗

即使创造之后就化为零

我也不会感到悲哀

1950.3.9

合唱

在遥远的国度有物体破碎的声音
几千万个零散的会话
整天折磨着我

忙碌的时间
冷酷的空间

我一边对桌子上的英日辞典
感到莫名的愤怒
一边想体验
地球柔软的圆

那天午后
未来仿佛可以用简单的数学公式来预言

于是在那天午后
合唱这个词奇妙地魅惑了我

1950.4.21

第1首

树荫

总之　喜悦住在今天

保持着年轻太阳的心

在餐桌和枪支

甚至上帝都不知道的时候

树荫使人心灵回归

以拥抱今天的谦逊

叫人的心向往这里

只向人们伫立的地方

阅读天空

歌唱云朵

只因祈祷而念叨喜悦的时候

太阳也凝视　树木也凝视

我已忘记

我无限记忆着的东西

第49首

谁会知道
我在爱中的死
为了再次攫取世界的爱
宁可让欲望随它的温柔成长

凝视人的时候
生命的姿态令我回归世界
新绿的树和人的姿态
有时在我心中是相同的东西

巨大的沉默未曾给心灵起名
就触摸到人紧闭的嘴
夺走我所知道的事情

但那时我也是那个沉默
于是我也像树一样
在攫取世界的爱

第61首

心轻轻触摸世界
心就这样持续点头:
现在起风了……
现在少年向前奔跑……

心又触摸自己　然后
向着与世界无法分割的自己的中心
心永远在回归
即使迟疑也为了歌唱——

有谁拾起我的颂歌?
喜悦反倒适合回归土地
那时喜悦在孤单中永不朽烂

可以一直保持沉默
世界仅凭我的眼神
也察觉到爱了吧

第 19 首
问候的必要

我的尺度很大

比二十亿光年更加遥远

我的追问在回响

在虚幻百年的每一个夜晚

我果真是人类吗

我在星云与真空之中闲待着

只好一边玩弄意义

一边吃早餐

小小的幸福

栖息在巨大的不幸中

我已经无法应付自己的心

既然如此就上街问候吧

去问一问我果真是人类吗

为了脚踏土地　弄清太阳的心

第 24 首

待在无意间流逝的午后阳光里
我突然感觉到活着的一丝寒意
身处在无任何事情发生的无为中
活着的姿势反而安静又明亮

人有时会失去所有故乡
在山那边在云那边在人群中找腻了
再次回到自己的时候
自我贫乏得无法自称为故乡的时候……

人对回归这个词早已断念
只是在活着
只是在这里而且只是在现今活着——

冬天的阳光这样告诉我
可我年轻
我依然相信比断念更美丽的什么事物……

爱

致 Paul Klee

无论到何时
是无论到何时
都要连结在一起　无论到何地
是无论到何地都要连结在一起
为了弱者
为了相爱却被分割的人们
为了孤身活着的人们
无论到何时
是无论到何时都需要一首唱不尽的歌
为了不让天地发生纷争
为了让被分割的一切相连如初
为了将一个人的心归还众人的心
将战壕归还古老的村落
将天空归还无知的鸟儿
将童话归还孩子
将蜂蜜归还勤奋的蜜蜂

将世界归还无法命名的事物

无论到何地

是无论到何地都连结在一起

好像自己将要结束

好像自己将要成为完整的人

为了连结

如同神的设计图那样无论到何地

是无论到何时都将要完成的一切

为了没有一个人被分割

为了一切都可以在一个名字之下继续活着

为了不让树木与樵夫

少女与血

窗户与恋情

歌曲与另一首歌曲

发生纷争

为了没有一个对生存不必要的事物

有一种丰富的

无论到何时都延展的想象

有一种为了让世界模仿自己

以温柔的目光招呼的想象

比利小子

细腻的泥土首先在我的嘴唇上,然后大土块渐渐在我两腿之间在我肚子上。一只被破坏了巢穴的蚂蚁瞬间爬上我紧闭的眼皮。

人们好像已经停止哭泣,正挥动铁锹流着快乐的汗水。我胸口有两个被那位眼神温柔的保安官打开的洞。我的血毫不犹豫地顺着那两条路逃了出去。那时我才明白,血不是我的。我知道,我的血正要回去,还有我也渐渐随着它正要回去。在我上面,是我唯一的敌人——干燥的蓝天。它渐渐从我这里抢夺一切,即使我奔跑,即使我去攻击,甚至我去爱,它都不会停止抢夺,最终蓝天唯一一次抢夺失败,是我死的时候。只有现在我不被它抢夺,我现在开始不惧怕蓝天,不惧怕它的沉默和无尽的蓝。我现在被大地夺走,所以我可以回到蓝天之手触及不到的地方,回到我可以不用去战斗的地方。只有现在我的声音可以响应。只有现在我的枪声留在我耳朵里,只有我听不到声音而且无法射击的现在。

我是想通过杀死来弄清别人然后弄清我自己。我生机勃勃的证明方法已经被血的颜色装饰。但是蓝天不会被别人的血涂抹掉。我寻求的是自己的血。今天我得到了它。我弄清了自己的血使蓝天变得昏暗，不久便渐渐回归土地。于是我现在不再看蓝天，也不记得蓝天。现在我闻着我土地的气息，等待自己变成土地。风流淌在我上面。我已经不再羡慕风，我会马上变成风。我不知蓝天为何物却马上要栖息于蓝天之中。我将变成一颗星，变成一颗知道所有的夜晚和白昼，而且不停旋转的星星。

月亮的循环

menstruation

1

有人在人体内为祭典准备料理,有人在人体内雕刻陌生的儿子,有人在人体内受伤。

2

神的手掌
因创造不灵巧而受了伤,至今也难以忘怀。

3

"我的体内举行着如此有规律而华丽的葬礼,以喜庆的颜色被悼念的人们,他们既不受伤也不死亡,渐渐回归虚无。

我的那些过于年幼的孩子……

成熟的月亮陨落下来,没人去接住她。我等待,我独自一人蹲在冰冷的地方等待,等待在月亮上播种的人,等待攫取满潮的人,无法治愈也不知是谁的回忆——我体内的创伤"

4

……往岸上引诱着想活下去的人,潮水在人体内涨满。人体内有大海。随着月亮的呼唤,随着月亮的循环,人体内有永不结束的日历……

活着

让我活着

六月的百合花让我活着

死鱼让我活着

被雨水淋湿的小狗

还有那天的晚霞让我活着

让我活着

不能忘却的记忆让我活着

死神让我活着

让我活着

突然回望的那张脸让我活着

爱是失明的蛇

是扭曲的脐带

爱是生红锈的锁

是小狗的胳膊

天空

天空辽阔到什么时候
天空辽阔到什么地方
我们活着的时候
天空如何承受它自己的蓝

在我们死亡的那边
天空是否依然辽阔着
在它下面华尔兹是否在回响
在它下面诗人是否在怀疑天空的蓝

今天孩子们忙于玩耍
几千个包剪锤的猜拳被抛到天空
跳绳圈不停测量着天空

天空为什么对这一切保持沉默
为什么不说你们不要玩了
为什么不说你们玩吧

蓝天不会枯萎吗

在我们死亡的那边也不会枯萎？

如果的确不会枯萎

不会枯萎

那么蓝天为什么在沉默

在我们活着的时候

在街上在村落在大海

天空为什么

独自入暮

家族

  姐姐
  谁来了　在阁楼上

是我们来了

  姐姐
  是什么在结果　在楼梯上

是我们在结果　弟弟哟
我和你还有我们的父亲母亲
外面天气干燥
我们正在劳动

  谁来吃
  餐桌上的面包

我们吃啊

用指甲揪着吃

  那么
  谁来喝
  姐姐你的血

是一个你不认识的人
高个子　声音好听的人……

  姐姐　姐姐
  在小仓库里做什么了

念咒了
为了我们大家都不会死
我和那个人一起念咒了

  然后

然后
我的乳房会膨胀吧

为了又一个我们

  那是谁

那是我　那是你
那是我们的父亲母亲

  然后谁会来
  晚上　祷告的时候

谁也不来

  在风标鸡上面呢

谁也不来

  在街道的沙尘那边呢

谁也不来

黄昏时分　在水井边呢

我们大家都在

悲伤

悲伤
是正在被削皮的苹果
它不是比喻
不是诗
只是那个
正在被削皮的苹果
悲伤
只是在那里的
昨天的晚报
只是在那里
只是在那里的
火热的乳房
只是在那里的
黄昏
悲伤
是脱离语言
脱离心灵
只是在那里的
今天的事物

反复

反复着,就这样反复反复着,就这样就这样反复反复反复着,反复反复继续反复着,就这样反复着反复着。反复多少次才好呢。反复的词语死去,只有反复的事物反复留下的反复,每次那反复的反复在反复着的时候,太阳升起太阳落下。不断反复着的每一天,反复煮米反复迎接的早晨之反复中夜晚迟早会到来的这反复哟

不要说不要说再见!
离别的幸福不属于任何人
我们只能反复,反复反复互相梦见,反复互相拥抱,反复流出来的口水哟
反复着再也见不到
风吹拂着永远见面的反复不见面的反复之树林
今天反复着我们不停的咳嗽声和向锅里倒水的声音
哦,明天哟明天
你是多么遥远啊

今天的即兴表演

胡子

长胡子
长胡子,胡子长在男人的下颌,长在男人的唇周。胡子与黎明一起长,胡子像陌生植物的嫩芽一样长,胡子为了女人柔软的脸颊而长,胡子与萨尔瓦多·达利一起长,胡子拼命地长,胡子向着太阳长的男人们
但是
要刮胡子。一到早晨就刮胡子,想着巴士的时间刮胡子。剃须刀是吉列牌。刮胡子,对女人的爱抚感觉着恐惧刮胡子,流着血刮胡子。
从鬓角向着下颌,渐渐滑过镜子里的死鱼。
刮胡子
那青青的痕迹是蓝色的海。刮胡子,为了戛纳社交界刮胡子,为了摩纳哥的无聊刮胡子,像剪平高尔夫草坪一样刮胡子的军官候补生,刮胡子的骗子,刮胡子的鳏夫,刮胡子的市民。

不行!

要留胡子

像得克萨斯的仙人掌一样

留胡子,像卡斯特罗那样留胡子,像林肯那样留胡子,追求着自由留胡子,追求着异议留胡子,为了女人们留胡子,狮子的兄弟留胡子,让人怀旧的地狱钟馗留胡子,自然而然地,充分自然地留胡子,然后讲演的男人们

GO

喂。我们走。往何处走吧。

我的朋友,诗人藤森安和如是说。

喂,我们走吧。

暂且走,无论如何要走。

这里太潮湿,这里已经腐烂。

这里到处都是蟑螂,这里到处是无面的他人

这里无法活下去。

所以走,必须走,无论如何要走。

与赫鲁晓夫一起走，与肯尼迪一起走，与米特·杰克逊一起走，与布鲁斯一起走，去参加游行，去参加婚礼，去参加选举。那里，哪儿都不是，但那里不是这里，所以走，必须走，无论如何要走。大家都是朋友，大家都背叛，大家都厌烦，大家都是。

喂，我们走，沿着地球的边缘络绎不绝地走。喂，我们走，走一圈。

喂，我们走，走过非洲，走过新奥林斯，走过弗里斯科，走过东京，走过天堂和地狱。

喂，我们走，抽着烟。

烟是LM或者是塞勒姆或者是骆驼或者是酷或者是马合或者是光，啊，多么自由。烟是菲利浦·莫里斯，烟是高卢，烟是万宝路，烟是绞盘，烟是科罗纳，烟是希望，啊，多么有希望。与香烟一起升腾的希望。来吧，我们走，可以步行的我们，可以奔跑的我们。来吧，我们走，坐火车，坐船，坐汽车。汽车是克莱斯勒或者是标致或者是西姆卡或者是莫里斯或者是MG或者是皇冠，啊，多么快的速度。汽车是吉普，汽车是福特，汽车是莫斯科维奇，汽车是斯柯达，汽车是兰布勒，啊，多么自由。这是休闲溜达的自由，是行走的自由！来吧，我们走!往何处走吧!

冗长的爵士重复段

故乡

故乡在山的那边,故乡在天的那边,故乡在海的那边,故乡在星星的那边。天使哟,回头看故乡,看一看故乡吧。咱们的故乡,仿佛哪里都不在,却就在那里。

一堆十元的故乡,例如千代田区永田町,例如广岛,例如洛斯阿拉莫斯,例如成功湖,例如梅尼蒙当,例如切尔西,例如布鲁克林,例如赤道,例如南极。

例如地球,是我的故乡。寻找故乡的故乡挖掘,挖掘再挖掘,挖开这里吧嗡嗡,石油和煤炭,恐龙骨和阵亡士兵的骷髅,铀和钚,我的故乡应有尽有。故乡全加起来才值一朵花儿,败掉了后悔才值一朵花儿。故乡在山的那边,故乡在天的那边,故乡在海的那边,故乡在星星的那边。星星是各不相同的故乡,啊,半人马座,你是流动的岛屿。在宇宙的那边,在黑暗的那边,大鼓回响在无人的故乡,向前,向前,向着血流的源头。

COOL

这里冷

这里冷啊　迈尔斯

我有妻子也有孩子　迈尔斯

这里却冷

你是冷漠的黑鬼　迈尔斯

不要撇下我

不要遗弃我们的文明

这里冷　迈尔斯

而且你冷漠

你那厚厚的嘴唇吐出来的言语冷漠

比陈列在纽约画廊的

任何一幅抽象画都要冷漠

比贪婪的法兰西时装模特的吻还要冷漠

啊啊多么摩登的生活

这里冷

我有股票也有汽车和别墅

这里却冷

你是冷漠的黑鬼　迈尔斯

你用桃红色的血侮辱我们

你用白色的掌心悄悄猛揍我们

我有巴赫也有伦勃朗

你却从邦戈鼓的子宫里出生

在布鲁斯的蓝色运河水底成长

在哈莱姆的妓院里独自用扑克占卜

然后目不转睛地盯着我

这里冷啊

你温柔的弱音器已经足够了

把我当作小号吹吧　迈尔斯

用你的气息温暖我　弄湿我

我会把自己浑身上下都是名牌的女人扔到电梯里

所以你在自己黑色的新地图上标出我的阁楼……

你是冷漠的黑鬼　迈尔斯

我要给你动私刑

这里不冷

我应有尽有！

内莉

我怀孕了,坐在玻璃窗旁边,我怀孕了。我是一个又黄又白的褐色女人。我怀孕了,我的灵魂以乳房的形状,悬垂在你们男人的舌尖上。已经六点,祷告为时已晚,雨水在玻璃窗上流淌,花钵里的天竺葵在开花。不知哪里正开始手术,传来手术刀相撞的声音。来吧,进来,来我的房间里呻吟吧,用男人的声音,用男人地下水一般的低音呻吟吧。心灵早就抛弃了几何学。语言早就抛弃了诗。尽管如此,你们男人也不能沉默,要呻吟。我在听。问我为什么?因为我怀孕了,因为我怀上了你。我的肚脐在膨胀,我在缓慢地吸气,没什么,来吧,尽情地呻吟,来吧。

大麻

渗入眼睛的汗水
涌到指尖的血
嘴唇上的口水
萨克斯的性中　起泡的唾液之成功

在寻求一颗心脏的所有节奏的焦躁中

寻找的面影

老旧破损的班卓琴的面影

横穿天空的长矛的面影

威尼斯日暮的面影

圣处女走去的面影

涂料脱落的门的面影

克里斯托弗·哥伦布的面影

大幅度摇晃的海的面影

继续流血的历史的面影

十五杯咖啡的面影

从中寻找自己的脸

从中寻找爱

巨大的根在蔓延

不知它的去向

渐渐枯萎的树枝上

悬挂着无数个死体

它们不久将会落到地上

在它们下面巨大的根在蔓延

诗的眼睛

我在妻子圆圆的肚子上涂抹诗,用甘草气味的诗擦亮了她。可是不知为什么,妻子却极度消瘦。但她为此也变得如同仔细推敲过的一行诗那样美丽。妻子一个劲儿地向我申诉着什么,但她嘴里被我塞满了稻草和水,所以我听到的只是无意义的呻吟。

但是,看着妻子如蜡烛般洁白的裸体时,我突然察觉到自己的眼睛发生了变化。我的瞳孔像死人的瞳孔那样放大,我的水晶体聚焦于无限远。那一瞬,我领会了。用诗的视线注视一切,那就是诗的眼睛!已经没有任何涂抹诗的必要。妻子突然开始发胖,肤色像鲨鱼一样发黑。然而这又是什么呢。我每夜怀抱妻子,妻子一个接一个生孩子。我把他们一个接一个拴在白杨树上,悉心用鞭子传授他们世上所有惊险的杂技。

诗的眼睛!爱与温柔,滑稽的义务!就这样,我加入了世界猜谜游戏。

除名

即使名字被消除

人会留下

即使人被消除

思想会留下

即使思想被消除

盲目的生命会留下

生命厌恶死亡

生命莫名地大声嚷嚷

生命绝对不会被消除

生命只有一个名字

那就是无名小卒

生长

划一圈莫名其妙的线
小孩子说这就是苹果

画一个跟苹果一模一样的苹果
画匠说这就是苹果

画一个不像苹果的苹果
艺术家说这才是苹果

苹果也不画　什么都不画
艺术院会员在嘴里嚼着苹果粥

苹果苹果红红的苹果
苹果是涩的还是酸的

谎言与真实

谎言很像真实
真实很像谎言
谎言与真实
是一对双胞胎

谎言经常与真实混杂
真实经常与谎言混杂
谎言与真实
是个化合物

不要从谎言中寻找谎言
从真实中寻找谎言吧
不要从真实中寻找真实
从谎言中寻找真实吧

水的轮回

1

有苔藓
有心灵

向永远
时间无限

2

滴水
滴滴答答结巴着

乘着水滴
去往来世

3

洞中凿
凿洞

好色的手指
看不见

4

黯然无神的瞬间
下一个瞬间
在下一个瞬间
鬼也不出现
蛇也不出现 [1]

---

1 日语的"鬼が出るか蛇が出るか"（出现鬼还是出现蛇）——形容前途吉凶莫测、未来难以预测。——译注

5

邋遢的脚底踩着大地的衣裳

6

憋在地下水里的呻吟是桔槔
蹦跳又蹦跳也无法抵达来世
——来世来世给我水
在争水时流出的血
漏掉积聚淤塞渗透
有人在收割后的水田里
是水神朦胧
还是水泡笼罩
或者是潸然泪下的农民起义

流淌的泪也是水泡
不论有无一切都付诸流水
今天是吉庆的水节

流产的婴儿紧紧抱住

浇灌圣水的白旗

水车在不停地旋转

7

拧紧拧紧，再拧紧

微笑之绢把渗透汗水的棉布

拧紧　直至拧干

水牢里灌水折磨犯人

让他吐出胆汁

萎靡的阴囊没有任何秘密

水吞穷人[1]就这样膨胀着肚子死去

舀吧舀吧　舀尽死水

如镜的水里映现昨天今天和明天

1　水吞穷人：没有自己田地的贫穷小农。——译注

萍蓬莲世世代代

漂流着漂流着

8

短暂的 H_2O

水是什么

这个所谓水的东西

从历史漏出

从比喻滴落

从精神溢出

漫无边际地

潺潺渗涌着

肮脏的杯子里晒热的水

也能为人解渴

所以我无法跨过水平线

9

处女
漱口的泉水

映照在晨露上的
三千世界

10

扭曲的涡轮

衰老的三角洲

摇晃的水母

单细胞

乞丐

有人问我沉默的理由
然而我沉默的理由
除了沉默我无法说清
他们痛打我
折断了我的拐杖
杀死了我茶色的狗
我笑了　从此我是永远的乞丐
在所有善良的市民眼前
我将一直蹲着活到永远

在美丽的夏日早晨

我想成为巨人

用双臂

把这群山

这云朵

这蓝天

把这夏日早晨抱过来

我想成为巨人

用手指摘取

山那边的幸福

将它装入自己的口袋

走向夜晚

我想成为巨人

将所有的憧憬

能够像小鸟一样

捉住的巨人

有着一天跳动一次的心脏

凝视永远的眼睛

被太阳烫伤的指尖

在日记中记录历史

将革命的悲惨

和背叛的荣耀

用双手统统捧取的巨人

我想成为巨人

将身躯投入暗黑的宇宙

在银河之流中游泳

用双臂抱紧地球

成为默默落泪的巨人

毫无力气的巨人

如果不能那样

我想索性成为一只蚂蚁

无止境地在露草间迷路

迷路到永远

那样挺好

在这美丽的夏日早晨

诗

心爱的人哟
不要戴帽子直接回头看我吧
阳光透过树枝照到你额头时
我会写下诗的第一行
然而当轻风送来你头发的芳香时
我就会扔下诗去亲吻你吧

鸟羽 1

没有什么要写的
我的肉体被太阳照晒着
我的妻子美丽
我的孩子们健康

说实话吧
我只是装作诗人的样子
其实我不是诗人

我被创造然后被撂在这里
瞧啊太阳如此落在岩石间
大海却变得昏暗

除了这白昼的静寂
我没有想告诉你的事情
就算你在那个国家流着血
啊,这永恒的绚烂!

鸟羽 3

捡柴火的老太婆在看沙子
从饭店窗户我在看水平线
饥饿着活下来的人哟
你可以拷问我

我一直过着饱腹的生活
现在还打着饱嗝
希望自己至少值得憎恨

老太婆哟　我的言语对你来说是什么
我已经不想用它来抵偿什么
会把我勒死的是你所不看的水平线
它就在你手里

隐约听到克莱曼门蒂的小奏鸣曲
无人跟我搭话
这是多么深邃的惬意

旅 7

岩石与天空保持平衡
有这样的诗
我却写不了

没有一条
推敲着沉默抵达语言的途径
推敲语言
抵达这沉默吧

做树的形状
树在风中沙沙作响
这是随处可遇的风景

如果按照所见去感受
一切都会美丽地闪耀吧
如果能够按照所见去写
时间就会停止吧

anonym 1

如果在沉默
就必须说出在沉默
如果不能写
就必须写出不能写

只有那里才有精神
即使非常疲惫
也不依靠一棵树　不依靠一只鸟
依靠一个词语我才是人

我并不想让你回答
你只是在凭靠椅子
你只是在依赖众人

然而我会回答的
向着此刻消失在丛林中的光芒
向着无法听到的悲鸣和寂静

免费

所谓图书有价钱
所谓毕加索的画值几百万
所谓给分手的女人支付赡养费
所谓专利的使用费
所谓著作权的使用费
所谓写诗领取稿费之类
这些都是没开化的习俗吧!

无论是空气大海还是银河
无论是爱、思想还是歌曲和诗
无论是女人孩子还是朋友
真正重要的事物都是
免费!
……本来理应如此

年初誓言

发誓不戒酒不戒烟

发誓要尽情地谩骂讨厌的家伙

见到漂亮的女人就欣然回头

发誓该笑的时候要哈哈大笑

发誓要呆呆地眺望晚霞

如果有人群就要去窥探

要哭泣着对美谈发出质疑

发誓不空谈天下国家

发誓要写一手好诗

发誓不回答问卷调查

发誓不买第二台电视机

发誓不想乘坐宇宙飞船

发誓不后悔违背誓言

如上所述

颜色

希望的颜色是复杂的
被出卖的心脏的红色
日子的灰色
嘴角的黄色
混合于布鲁斯蓝中的
褐色皮肤
黑魔术的苦闷
加上炼金术的梦幻金色
各国国旗的所有颜色
再加上原始森林的绿色
当然还有
彩虹含羞的七色

绝望的颜色是单纯的
那是清洁的白色

贝多芬

个子矮小

也没钱

容貌难看

又成了聋子

被女人抛弃

容貌难看

写了遗书

没死成

容貌难看

十分狼狈

凄惨不堪

是多么难堪的命运

过于帅气的卡拉扬

公园抑或是宿命的幻影

有一座古老的神社，为了保存它的屋顶，上面又覆盖了一层大屋顶。有一座古老的忠魂碑，它的深处有一座新立的和平之碑（这个小镇有四百多人阵亡）。或许这是个为庙会准备的相扑台，它的轮廓由于被人踩踏毁坏而变得模糊不清。有一棵大树，阳光照透了它梢头的嫩叶。有一座红色铁桥，通过时响起吱吱的脚步声。桥下流淌着一条河。有一个头颅脱落的地藏菩萨，头颅脱落之处放着一个小石块，有一个老太婆路过时向它鞠躬敬拜。

微风吹拂着。

一条白色的石凳子，一个磨损的石阶，一辆黑色轿车。妻子在车里打瞌睡。我两个年幼的孩子正从岸上向河里投掷石子。在河岸上有被遗弃的空瓶和烂菜。一个疯女人光着脚嘟哝着什么走了过来，捡起一块大石头乱打两个孩子的头。我亲眼看到——孩子们流着血死了。

我能看得见的东西内部有我看不见的东西。存在的东西内部有不存在的东西。不存在的东西内部有存在的东西。可能有的东西和不可能有的东西互相重叠在一起。对那种丰饶的可怕的期待,难道不正是世界的结构吗?

有一座破损的祠堂。有一个低矮的钢丝栅栏。地上有撒落的糕点。轿车里的妻子醒来后,喊叫了起来。手被河水浸湿的孩子们,欢快地跑了过来。

和平

和平

是像空气一样

理所当然的事情

没有必要去祈求

只要呼吸它就可以

和平

是像今天一样

无聊的事情

没有必要去歌唱

只要承受它就可以

和平

是像散文一样

冷淡无情的事情

不能为它祈祷

因为没有该祈祷的神

和平

不是花朵

而是养育花朵的土壤

和平

不是歌声

而是生动的嘴唇

和平

不是旗帜

而是弄脏的内衣

和平

不是绘画

而是古老的画框

我有一种希求：

踩住和平

熟练地操纵和平

一定要得手

我有一种喜悦：

与和平战斗

战胜和平

一定要得手

去荒野

告别革命
告别黎明和正义
离开流血街巷的他们

失去了庄园
奴隶们又背叛
已经没有任何未来

向外
向历史之外赶着马车
决不回头

不久抵达荒野
摘取一朵野花
迎来头一次饥饿

恋人们互相凝视着

面颊在燃烧

那条丝绸依然白光闪耀

钢琴

有人在弹钢琴
围墙无尽地延续着
道路上不见人影

有人在弹钢琴
窗户微微开着
开始枯萎的花散发着芬芳

有人在弹钢琴
一年过去　表妹嫁人
十年过去　城市燃烧
百年过去　国家兴盛——

有人在弹钢琴
屋里的镜子发光耀眼
映射出倒在门口的士兵
映射出远处正午的大海

树

1

树能够站立在那里
正因为它是树　而且
我不太明白它是什么

2

如果不把树称作树
我连树都不会写
如果把树称作了树
我就只能写树

3

但是树

永远高于树这个词

有一天早晨我真正触摸到了树

那是永远的谜

4

我看树

树就用它的枝梢指给我天空

我看树

树就以它的落叶告诉我大地

我看树

世界就从树中舒缓开来

5

树被砍伐

树被刨削

树被雕刻

树被涂刷

人类的手越触及它

树就越是顽固地长成树

6

人们给树起了诸多不同的名字

尽管如此

树却一个词语都不拥有

然而树在微风中簌簌作响时

在各个国度

人们只倾听一个声音

只倾听一个世界

午餐

于是,那愉快的午餐再次轮回到多云的天空下面。很多家庭承受着不幸和不安,又吃那快乐的午餐。在任何情况下那都是悲伤又快乐的午餐。离婚日的、生日的、毕业日的,然后是卒日的——午餐。那是我们知道终将灭亡的人们悲伤又快乐的时刻。不知从哪里传来正午的圆舞曲,刚洗过的白衣在飘动,那是悲伤又快乐的片刻。

祖父、母亲、妹妹,然后是逝去的人和流逝的时间都在一起吃午餐。蝴蝶在飞,轰炸机在飞,究竟走过了什么样的林荫道。不沉溺于伤感,只享受劳动快乐的人,由于患病而仅想着星云的人也列席午餐。于是我也一边就餐一边想:这的确是一次午餐,一次悲伤又快乐的午餐。

1951.4.2

悲剧

小说在拼命地写着,歌就唱起来了。冥想深入沉思,颜色描绘透彻,x 和 y 忠实地保持着函数关系。语言时而认真地说话,时而认真地沉默。诸神忙碌于爱护和惩罚,时间当然无休止地流动,空间也不遗余力地延展着。

只有人类转来转去不知究竟如何是好。

1951.5.22

幻听

Vietnam 1969

清楚地听到关闭的门打开的声音
听到笑着的孩子哭泣的声音
然后是一片安静
没有听到枪声

*

草与草互相摩擦
是风还是有人在匍匐
河水正在缓慢上涨
小鸟在灵敏地鸣啭

*

绳子猛然绷紧
是固执的沉默者的悸动
一个国语和其他国语
绝不会混杂的细语

*

哪里还有什么沉默

即使捂住了耳朵

哪里还有什么沉默!

即使在荒野中央

*

但是今天黎明

一个美丽旋律结束的无名之死

再也发不出任何微弱的声响

这里

最先

随意放松

脱下靴子

尽情地舒展

手和脚

这里是哪里?

这里就是这里啊

在天空下面

在星球上面

在人们中间

是你们俩

此刻在的地方

首先

随意放松

在这里就要闻一闻

这里的风啊

在这里就要看一看

这里的光

这里有

这里的今天

在空无一物的地板上

裹在毛毯里

相爱吧

随意放松

燕子飞来飞去

鸽子在鸣叫

随意放松

鹿在奔跑

豹子在吼叫

随意放松

海豚在游泳

企鹅在行走

随意放松

玫瑰在绽放

随意放松

核桃在结果

这里就是

这样一个地方

所以啊

无论如何

都要随意放松

给喜欢的人

写封信

给讨厌的人

也写个明信片

然后

做一件

理所当然的事情

例如口渴了

喝口水

顺便

做一件

并不是理所当然的事情

例如戴上

用蔬菜制作的帽子

总之

终归还是

要尽情地

随意放松

两个人一起

补一补

袜子之类

微笑

蓝天不会微笑

所以让云朵浮起

树木不会微笑

所以随风摇曳

狗不会微笑

所以摇动尾巴——可是人

本来会微笑

有时却忘了微笑

人会微笑

所以用微笑欺骗人

微笑的含义

白天用那么残酷的语言伤害我的嘴唇
此刻却张成没有意义的呻吟形状
在一个接一个的层层屋檐下
究竟有多少个我们在这么做呢
虽然就像你只考虑你自己一样
我也只能考虑我自己
但是为了一个人无法创造的未来
我们在各自的心里酝酿着焦虑的计划
你焦点不稳定的视线掠过我的肩膀
朝向有漏雨污痕的天花板
然而上面的宇宙对于人过于庞大
虽然都市永远醒着
热闹不亚于镶嵌在天空的星星
但是觉着已经没有任何可掩饰的
我们就回到了这小小的房间
唯一与交尾的狗、交尾的小鸟不同的
是我们彼此脸上刚要浮现的浅浅微笑
它的含义如果被问及就会立即消失吧

父亲

曾经想过死
我曾经想过
与你搭伴一起死
为了什么
连理由都不知道

从出生的那一瞬起
你就不属于我
我也没有任何
与你搭伴一起死的权利
我连不幸者都不是

父亲却那么愚笨那么混乱
是那么任性那么软弱
我能够坚强起来
是因为幼小的你完全信任我
是因为你总是在大声呼唤我

引诱

我想起的是单纯的喜悦
是手工制作的轻型飞机
第一次超越校舍屋顶时
那手摸蓝天的感觉
是大气支撑着贴满雁皮纸的机翼
肉眼无法看到的辉煌

我想起的是单纯的畏惧
是地球母亲要以她残酷的温柔
抱住坠落下来的伊卡洛斯
年轻躯体的爱之重力
是映入躺在草原上的宇航员
睁大了的眼睛里的天空深度

人类远远不及
一只海鸥无垢的优雅
就这样有一天会把沉重的金属块儿

无惧地高高抛起

在自己的火中失明

对自己的声音捂住耳朵

而且我想起的是单纯的憧憬

是捕捉到脚踏这片土地上的

所有孩子之心的

耀眼的蓝　及其难以解开的颜色之谜

更是超越这些

闪烁在未知黑暗那边的事物的

引诱

草坪

于是我不知什么时候
从某一个地方过来
突然站在这块草坪上
我的细胞记忆着
一切该做的事情
所以我以人的姿态
甚至谈起了幸福

莎士比亚之后 [1]

私通和厮杀的地球舞台

从散发着温热气息的卧室开始

穿过微暗的走廊走下咔嗒作响的楼梯

从那里向泥泞向冬季干枯的原野

再向灰色的海边渐渐延展

此半球和彼半球都一样

头顶着永远不变的蓝天

然而无论讲述爱还是讲述国王

韵文在我们国家遗失已久

这究竟是什么妖精的恶作剧

今晚我独自一人

在煤气灶上只放了坎贝尔浓汤罐头

---

1 本诗的很多诗行与莎士比亚的戏剧存有关联,具体为:第13行见于《麦克白》第四幕第一场;第16行见于《麦克白》第五幕第八场;第18行见于《麦克白》第五幕第五场;第31见于《罗密欧与朱丽叶》第二幕第二场;第36行见于《哈姆雷特》第五幕第一场;第41行见于《李尔王》第五幕第二场。——译注

其中如果没有蝾螈的眼珠子

也就不会有龙的鳞片和婴儿的手指

因此看不到任何未来的幻景

虽然四十年前我通过"帝王切开"[1]来到人间

但却没有弄死杀掉国王的国王成为国王的力量

更不用说对"虽然叫嚣着什么

却没有任何意义"这一行

加以语义学分析的勇气

啊,莎士比亚先生,在你之后

究竟该如何写下最初的一行

做小丑比做国王更没有把握

即使列举能够想到的所有恶言

也不会有可以输入比喻的电脑

像上午七点四十向郊外车站走去的上班族

用一二一二这种没完没了的二进制

回答分期付款购买的美术全集中的斯芬克斯

这或许是本世纪流行的诗法

虽然人类的确登上了月球

---

1 帝王切开,指剖腹产。——译注

但是会变形的月亮依然不诚实

世界仍然是如你所见的模样

啜汤的嘴到处乱说咒语

在说出口都要避讳的地方亲吻

不久没有了吸气也没有了呼气

进入地下滋育白桦树的根

撒谎者、老实人、无言者、健谈者都如此

打开向着夜晚吱吱作响的玻璃窗

我发现邻家柿子树上只剩下一颗柿子

今夜　那一如既往的俳句主题

在我眼里只是成熟和将它吞噬殆尽的种子

剪子

我看见，它现在就在桌子上。我现在可以把它拿起来。现在我可以用它将纸张剪成人的形状。现在我甚至可以用它把头发剪掉成为光头。当然，这是要排除用它杀人的可能性。

但它又是正在生锈的东西，是正在变钝、变旧的东西。虽然它还能用，但不久会被扔掉吧。它是不是用智利的矿石制造的，是不是被克虏伯的手指触摸过？尽管这些已经无从知晓，但是不难想象，它总有一天会像从前那样，从人类制作的形状中逃脱出去，回归到更加无限定的命运之中。它现在就在桌子上，叙述着那样的时间。不朝向什么人，它都冷漠而无语，若无其事地那样待着。人类制造它是为了对自己有用，然而它有用之前，就这样无可奈何地存在于这里。它不是一个只能被称为剪子的东西，它已经拥有其他无数个名字。我不用那些名字称呼它，与其说只是一种习惯，还不如说是为了自卫。

这是因为，如此存在的它，具有从我身上抽取语言的能力，让我时常处于这样的危险：渐渐被语言的丝线拆解，不知不觉中很有可能变成比它还要稀薄的存在。

观察玩水

首先是被水浸湿的脚印消失,其次是可爱的酒窝和圆圆的大眼睛消失了。桃红色的指甲消失,乌黑的卷发消失,膝盖消失,转瞬间蓝天消失,花朵们消失,紧接着所有文字都消失了。当然,士兵们也消失,锥子、铁锤、钳子等工具也消失了,由此足以推测,思想也已经消失。即从最确定的东西到最不确定的东西都消失了。

把这种状态表现为一切都消失,是懒惰的诗人惯常的手段,其实,"一切都消失"也已经消失,这也就意味着"一切都消失也已经消失"都消失了,然而,还未被那种字句游戏弄得神魂颠倒,下一个瞬间一条活蹦乱跳的鳟鱼就出现在眼前。还没来得及这么想,紧接着就出现了一条小河,然后出现了不知是谁的皮包、《六法全书》、下午二时十三分。还有,恋人们也开始出现。然后转瞬之间再次出现被水浸湿的脚印,又出现那个SXXX小姑娘(五岁五个月)裸露的肚皮、旋涡状的肚脐和开心的笑容。

塔拉玛伊卡[1]伪书残篇（抄）

第 V 首《名字》

记住吧

带来第一个名字的

事物的名字。

它的名字

叫克尤温基[2]。

它没有形状

它隐藏

在太阳里

在果实里

在贝壳里

在石子里

---

1 塔拉玛伊卡，日语原文为タラマイカ，此处为音译。——译注
2 克尤温基，日语原文为キウンジ，此处为音译。——译注

在形似你的头颅
圆圆的
已经结束的事物中。

不要问
给克尤温基
带来克尤温基这个名字的
是什么。

给克尤温基
命名的
又被称呼为
克尤温基。

迈出
克尤温基外面的人
把手指
称作凤尾草
把烟
称作蜥蜴

把鹰的羽毛

称作利普萨

会在水中

看见火吧。

(不在却又在的)他

斜着眼

窥视焦躁的中心

他脚擦着地面

画出无法开解的圆

用赤裸的拳头

折磨着假冒的自己。

回乡

我出生的时候
大地仅以我的体重哭泣
我被少量的天和地创造
其实并不用吹气
因为天和地都活着

我出生的时候
院子里的栗树微微回首
那一瞬我停止了哭泣
并不是因为天使在摇动树
是因为我和树是兄弟

我出生的时候
世界在繁忙中微笑
我立刻感知了幸福
并不是因为被人疼爱

我只是察觉到活在世上真好

不久死亡会把我编入古老的秩序
那就是我的回归……

心灵速写 A

画一根线

再画一根线

又画一根线

然后再……

从一把线里

看不到任何符号和象征

沉默着

欣赏它

变成头发

变成草

变成流星

变成水

只是决不允许

它变成文字

一边喝着

一碗茶

心灵速写 D

寻求题材

我寻求能够用心灵之手触摸到的

灵魂题材

像蓝天的蓝一样高远都可以

像镜中太阳一样虚假都可以

像路边石头一样毫无意义都可以

我只寻求题材

我在寻求

不是逻辑

也不是感情

甚至连语言都不是的题材

我在寻求

由织布机编织的世界

由窑炉烧制的世界

由锉刀磨炼的世界

由鞭子锻炼的世界

如同失明的男人

我心灵的手指饥饿并被淋湿

七页

新高圆寺　东高圆寺　新中野
路过三个车站我一直抓着吊环
读完了刺杀妻子的革命家的故事
作家可是厉害啊　仅仅用了七页
就扼要地写完一个男人的一辈子

晚上入睡前我把一颗洋梨切成两半
看着电动工具商品目录吃掉了一半
将另一半放入冰箱又改变了主意
将那一半又切成两半取出大的一半
犹豫片刻吃掉了小半的四分之一

还剩下一个叫作刷牙的仪式
伊特鲁里亚的男人们也曾经刷牙吗
屋外是没完没了的暴力和谎言
七页或许也太长　倘若语言
依旧继续欺骗着人们

一个躯体

——寄桑原甲子雄摄影作品

在缓缓流淌的风中
翅膀被空气看不见的手指弹起
当一捆涂上肥皂液的方橡胶条
流畅地散开的时候
少年一生中不显著的一天朝向黄昏
那只用纸、竹子和木头制作的小鸟
无疑是从日本的家孵化而出
竹签不要太靠近蜡烛的火焰
在雁皮纸上不要猛力地喷雾
这些词语与下降推力、克拉克 Y
格平根（不、是格廷根）等等
听不惯的异国词语纠缠在一起
直接进入激烈的纷争
将瞬间、历史和永远掺杂在一起
金属在蓝天深处撕开了年轻的躯体
为了杀人而制作的重型机械

以跟蜉蝣同样的原理飘浮在空中

少年在成年之前不会察觉到

世界如此滑稽的结构吧

在缓缓流淌的风中

翅膀被空气看不见的手指弹起

刚才还在自己手中的东西

已经在触手不及的高处颤抖

它像朝着相同方向的星星的使者

但最终还是会飘落到这片土地上

少年们的目光在放学后的校园里

只不过是在慢慢滑过

颜色、光和形状的喧哗上

如果知道有一天

在地图上都难以找到的后街背巷

太阳映照的方式都不同的某个地方

将会遇到从寒冷和湿气中回望的眼神——

但是即使知道了

在记录得如此细致的石头和枯叶

破旧的自行车和扔掉的木屐面前

任何词语都只是失敬的祈祷

无论对轻盈的东西还是对沉重的东西

重力都温柔拘谨地发挥了作用

精细柔软的钢丝脚踢开地球

再一次在缓缓流淌的风中

翅膀被空气看不见的手指弹起

人们执着地叫它回来的声音

早已传遍村落树林和小河

人们从沼泽地从泥炭地从冰冻的田野出现

在错综相连的巷子深处持续淘米交媾繁衍

印在小纸片上的神佛

与人们的痛苦一起被熏得漆黑

以唯一的方式解释不幸和死亡

孩子们正是为了理解这个

才会在所有游戏和玩具上竭尽心力

用朴树削制的薄薄的螺旋桨空转着

幼稚地回归到温暖的血液中

然后不知不觉间被忘却被毁坏

变成一个颜色浅淡的幻影

而且人们还反复在晨光中站起

甚至在死者的追忆里

在弯曲铝管的上反角之上
这一天的太阳使影子缩短又伸长
在缓缓流淌的风中
翅膀被空气看不见的手指弹起

风

春天的原野上
在追逐什么
蒙上眼睛的我
是鬼怪

远方的山里
有风的声音
有捉弄面颊的
花枝

身上背负
几桩罪过
击响手掌吧
我是鬼怪

云

回忆
在复活
在洗净石头的
供水中

婴儿
粉红的脸
在母亲的手里
微笑着

天空
无边无际
正在消失的
一片云

水

捉摸不透
为何争吵
我独自一人
站在夜晚的厨房

蚕豆
粒大饱满
胡萝卜
是朱红的火焰

源头
是晨露吗
震动耳朵的
水滴声

明天

少女杏子一样的嘴唇贪图所有形状的云
少年琥珀色的眼睛从远古地层被采出
无论怎样睁大眼睛都看不到未来
明天却被预备在孩子们的身体里

叙述希望的语言将虚伪的根在梦中展开
歌唱绝望的语言将游弋不定的枝梢托付给风
可是戏耍的孩子们断断续续的呼唤声
却将傍晚和拂晓融为一体向荒野回响

少年少女的下腹有可伸可缩的容器
它由星星之丝编织由太阳红和天空蓝染成
充实那里的除了无休止的潺潺流水声
只有那伴随激烈喜悦的深邃的痛吧

一切语言都狼狈地消亡绝迹之后

岩石将重新恢复它温暖的沉默
从略带苦味的胚芽光洁的白中
由死亡带来的是谁的模拟肖像?

春天的曙光

此刻在那寂静的深处

有婴儿正要呱呱坠地

春天的曙光里

死者的微笑

渗透土地在天空蔓延

充满花朵的力量

婴儿睁开了眼睛

春天银色的曙光里

从叹气向叹气延续的

安宁之路只有一条

何处

第2首 交媾

曾经有几次与针叶树交媾,但是与羊齿类交媾还是头一次。不知道它叫什么名字。也不想知道。看见它在潮湿的地面上,在微风中摇曳时,我察觉到没有语言的生物也有某种可称之为自我表现的东西。与我们不同,那羊齿一定没有心灵,但是以那么明显的姿态生长在那里,对羊齿而言,难道不是它的自我本身吗?由于有一种与其他任何植物和任何动物都不同的形状,它显得无法比拟的孤独。我不得不触摸它的叶子。

那手感没有让我产生任何联想。我的确触摸了羊齿的叶子,这让我无法形容。那时我除了触摸之外,没做任何其他事情,而且除了意识到我的器官和一个与我自己不同的个体的器官相互触摸之外,没有浮现任何想法。一种只能说是舒畅的浅显感觉从手指尖传来。我不想失去那个感觉。于是用手指触摸着羊齿的叶子,仰面躺在地上。土壤的热气和湿气通过铺满在那里的一层厚厚的落叶，以及我接触到它的衣服传到我臀部的皮肤。来自手指尖的感觉，那时没有停留在手指尖，开始流向我身体的深处。那流动从手指尖经过肩膀，抵达喉咙，再从那里沿着脊髓到达小腹，在那里如同卷起旋涡一样淤塞之后，通过臀部的皮肤流入了土地。

然后羊齿用自己的根吸取那流动，从叶尖把它向我的手指回放。就这样，羊齿与我之间，形成了一个回路。感觉的流动仿佛成了环状，停止在那里，其实，它在渐渐地被加速。我不怀疑，催促加速的是我，还有只能称之为羊齿欲望的东西。

我身体中非我的生物发出了不能称之为声音的叫喊：加油，再加油。我用手指尖触摸着羊齿的叶子，笨拙地急躁起来，脱掉了下半身的衣服。裸露的臀部刚一接触落叶，连接了羊齿和我流动的感知，我就眩晕了一样迅速高涨起来。已经无法忍耐那种只用手指尖触摸的感觉。于是我掀开上半身的衣服，让身体半回转，用裸露的胸覆盖在羊齿上。

不知过了多久。头昏眼花般的流动感觉已经停止。起身时，落叶黏糊糊地粘在我的小腹上。我的羊齿被压碎在我身体下面，它的绿色比以前更加浓郁更加浑浊。叶尖的细线失去它的锋利，开始向内侧翻卷。虽然同样是生命，但我们还是异种。有一种令人不舒服的发痒感蔓延在我胸口的皮肤上。

新年会备忘录

像羽织袴男友人似的人的独白

背对壁龛，身着羽织袴的你厌恶自己点头哈腰的样子。坐在上座还道歉，是因为相当有理由，或者只是因为一般涉及金钱的问题？跟你很久没谈论共和国的话题了。那是什么时候来着，我们俩半开玩笑似的谈论历史。那时沿着我们走的那条田间小道而流淌的小河，非常耀眼地反射着阳光，我觉得世上再没有如此美丽的景色，跟你说我不相信此刻能够与未来相连，被你嘲笑。现在我虽然察觉到，有一种恶意隐藏在我的那种感觉中，但是除去了这种感觉也无法判断一个人吧。你不是说从浦和附近的乡下买了一块墓地吗？而且是因为填补小豆市价贷款的亏空而嘀咕的时候买的，所以让我很惊讶。你是不是预定在明年或者后年因中风或者其他什么病而死去？如果有这个打算，一定把那个东西作为遗物送给我。虽然我不能让你把一组十二枚都送给我，但是叶月（阴历八月）、长月（阴历九月）、神无月（阴历十月）

这三枚，想起来都让我垂涎。作为回报，我包揽你的葬礼。不过，你不要在遗书中吩咐我什么啊。因为我想按照自己对你的印象去做。不用鲜花和音乐那样的东西，但是我会讲究食物和酒。如果可以的话，守夜在户外举行，所以若是你选择温暖的季节死去就省事多了。你养的那条鳄鱼怎么办，你把那个家伙带走吗？如果带走，可以把它跟你一起放入棺材，但是没有必要为它起什么戒名了吧。嗯，这样的空想也让人快乐。关于这件事，我想跟你慢慢商量一下。到时你好好做录音吧。

摘自像羽织袴男情人似的人的手记

想让你拒绝我

善也好

恶也好

直到鸭这个名字

被忘记

想让你拒绝我

水里也好

空中也好

都有翅膀

直到这身体承受得起

想让你拒绝我

*

香酥鸭。材料，鸭子＝1只，葱＝少许，生姜＝少许，酒＝2大勺，山椒盐＝1/2大勺，糖＝1/2大勺，蛋白＝1小块，片栗粉＝2大勺，炸油。装盘时，把腿和翅从关节上取下，把身体从正中间掰开，切成一口左右的大小，把大腿切成一半，再切成两厘米宽。注意油的温度要180度！

马路醉汉·忘记姓名

哇哦——

哇哦——！

我要

吼叫了啊

今天是十号？还是十一号？

管他是几号，反正是今宵

这里是哪里？是经堂吗？

以前常来这车站前的巴士站

记录我的大声吼叫！

记录当然

不是诗！

哇哦——

哇哦——是诗

这一点你要搞清楚

喂

你

诗人啊！

我是向宇宙吼叫啊

不是在向读者吼叫！

我的

哇哦——是

从哪里涌出来的

你知道吗?

喂

你的诗不是只在字面吗

写得太臭了

哇哦——!

你能写出这"哇哦——"本身吗

你只能写:是

我不就是吼叫了一声哇哦——嘛

活该是吧

怎么也赶不上了啊

被称为诗人的羽织袴男写的文字片断

称为微笑是不对的

叫浅笑吧

浮现在我脸上的

是鸡蛋壳一样脆弱的面具

那是一幅

走到死胡同

从万代塀迷途中走过来的男人

不能哭也不能笑

注视这人间的图

我固执我的神经病

K子依赖K子的神经病

尽管如此早餐和晚餐之间

我的幸福时隐时现

走在迷宫中仿佛是在散步

称为微笑是不对的

叫浅笑吧

素颜就在它里面

是对什么都倾尽执着的婴儿面孔吗

是不知是谁的骷髅吗

或者我隐藏的是

连诅咒都不是的词语吗

被朦胧呓语纠缠的灵魂覆盖的

K子刚洗完澡的皮肤上有一滴水

向着它我也浅浅地笑着

一月十二日深夜记

羽织袴男次子（八岁）叙述

我不会做让大家那么高兴的事情啊，因为我还是个孩子，做什么都笨拙，都是闹着玩。我读的童话大致都是可喜可贺地收场，但是真的还有将来吗？妈妈好像总想糊弄我，对不起，这么说出来不好，拜拜。

悄悄之歌

悄悄的　悄悄的
如同雪花
落在兔子背上

悄悄的　悄悄的
如同蒲公英绒毛
飞舞在天上

悄悄的　悄悄的
如同回音
消逝在山谷

悄悄的　悄悄的
如同把秘密
嘀咕在耳边

普通的男人

据说有个普通的男人

他有普通的鼻和眼　普通的手和脚

普通的裤子　普通的上衣

下着普通的雨　在普通的夜晚

普通地吃着　普通的醋

普通地流着　普通的泪

普通的男人把普通的绳子

在普通的女人普通的脖子上

普通地套上　普通地勒紧

什么都不需要的老奶奶

从前有个老奶奶　她什么都不需要

说不需要房子　住在地下通道

说和服都不需要　冬天也是裸体

说钱都不需要　尽是行窃

说自己都不需要　轻松地死去

说死都不需要　又活了过来

你

你
是谁?
你
不是我
你
也不是那个人
你
是另外一个人
有着跟我一样的
耳朵
听着
跟我不一样声音的人
有着跟我一模一样的
十根手指
想去抓住
我抓不住的东西的人
你

你

站着

沐浴着盛夏的阳光

向着大海

背对着

我

你在凝视

远处的

水平线

在你

心里

贯通一条

我未曾见过的城市

我未曾行走的小路

在那条小路上

现在

静静地落满了积雪

有一位我未曾见过的人

向这边跑过来

我绝对

绝对不知道

那个人

向你

叫喊了什么

那天晚上

映现在你眼里的东西

是厨房

一个角落的

铝锅

之光

是一封

从大海那边抵达

在被炉上

被拆开的

信笺

是顺着

你所爱的人

爱你的人的

脸颊

流落的

泪水

那些

我都没有看到

所以我

不是你

纵然有一天

你成为

我

最要好的朋友

纵然有一天

你对我

叙述

你回忆的全部

你是谁？

另外一个人

有着跟我相同的

黑头发

用跟我非常相似的

一双眼睛

看着

我所看不到的东西的人

你

在笑

洁白的牙齿闪耀着

在我

缄口不言的时候

从我手中

你抢走了

我最爱的布娃娃

你的气息中

散发着水果糖的味道

明明离我这么近

你却

无限地

远去

你

用宇宙人一样的脸

在笑

为什么

那么

不同

你的鼻子

不是我的鼻子

你的嘴唇

不是我的嘴唇

你的心

不是我的心

打你的时候

疼痛的

不是我

你穿的鞋子

是什么时候从哪儿买的

昨晚你做的

是什么样的梦

你

是谁？

你踩着的沙子

与我踩着的沙子

相连

在你的上面

在我的上面

都飘浮着同样的白云

你看的大海

我看的大海

都泛着灰色入暮

即便如此

现在

在这一瞬间

你

和我

也想着各自不同的事情

我

不能成为你

即使由此

过度悲伤

我想

去拥抱你

即使我和你

有一天

为同一个理由

落下眼泪

但是如同

你的指纹

跟我的指纹

不相同一样

你是

跟我不一样的

另外一个人

你

是谁?

你走了之后

你扔掉的

布娃娃

在沙子上

滚动

于是

我察觉到

自己已经

不喜欢

那个布娃娃

你是谁?

对我

撒谎的人

嘲笑我的人

折磨我的人

我也一定在

对你撒谎

我也一定在

嘲笑你

折磨你

我是谁?

对你而言

是流淌着同样红色血液的人

是说着同样语言的人
是在遥远的昔时
从同一个海底
慢慢出生的人
即便如此
你
不是我

然而
如果没有和你相遇
我就不存在
如果不跟你争吵
我的语言
会虚空地消失在天空
如果不和你打架
我会是
孤独一人

你
是谁？

走了之后

依旧留在

我心里的人

向着大海

以纤细的身姿

站着的人

永远

站着的人

长着跟我

完全不同的脸

穿着跟我

不同的鞋子

做着我

不会做的梦的人

你

不是我

纵然踏上

各自的路

我想

明天

就见到你

你
在哪里?

早晨

在旁边的床上呼呼大睡的是谁?
明明是我熟悉的人
却宛如从未见过的人

我在梦的岸边相遇的是另一个人
我略感不安地握住那个人的手
但朝阳穿过百叶窗照进了我的睡眠

早晨是绽放在夜晚土壤上的瞬间之花
早晨是打开夜晚秘密小盒子的闪亮钥匙
抑或早晨是隐藏在夜晚的又一个我?

我在心里把即将开始的一天
描绘得像异国城市的地图
从波浪起伏的床单海洋复活

刚刚煮好的咖啡的香味

比任何圣贤的话语
都更加激励我们的早晨

维瓦尔第在空中描画和谐的幻想
源自远方朝露的水从水龙头迸涌
崭新的毛巾有小时候妈妈的触感

即使从散发油墨味的报纸的头条
读到了人类不变的残酷
早晨此刻就是一行诗

棉布私记

"所有的裤子都憧憬牛仔裤"
大概是 20 世纪 50 年代的一天
约翰·科利尔如是写道
刚过二十岁的时候
我在银座"于连·索莱尔"
买到了一条贵重的 LEE
在这世界坐着突然感觉十分舒服
混凝土都变得像大地一样绚丽
我用还是单声道的 LP 反复听
贝拉方特《棉花田》也是那时候
牛仔裤的蓝已经
与摘棉花者的蓝调无法分开
那种蓝像日本的靛蓝
明治年间出生的父亲
喜欢穿藏青色的棉裤
约三百年前这个国家开始栽培棉花
不穿麻改穿棉布的人们

由于它的触感和染色

"比以前更加美丽了"

柳田国男于一九二四年

在他的《棉布之前的事情》中这样写过

棉布现在仍然是奢侈品吗

夏天是蝉翼一样薄薄的手工染

冬天是轻薄而温暖的棉衣

我喜欢实用印度棉布

我想它在时尚又实用之前

是一种无法逃避的生活方式

我们为了抵达

朴素、野性、手工等这些词语

在不知不觉中

走过多少弯曲而繁杂的路

风吹过布与汗湿的后背之间

也散发着女工悲惨历史的气味

华丽的颜色和温柔的触感

赐予我们一刹那的安心时

我们相信并怀疑着

支撑它的事物

睡觉

我想今天早点睡觉
让早晨快点到来
我嘟哝着：求求你了
之后就没了话音
我究竟是向谁求什么呢

我手里既没有十字架也没有念珠
甚至双掌合十的形状
都像第一次的体位那样笨拙不堪
所以双手只能用来捂住脸
（这就是那臭名昭著的自我怜悯吗？）

最难以对付的是情绪这玩意儿
如果可以把它归类到
可名状的感情里还算有救
但不可名状的情绪如风暴中的树叶
把我的心情揉搓得乱七八糟

只能等待它过去

尽管知道顶多要忍耐三十分钟

但是没有想读的书也没有想听的音乐

眼睛只能一动不动地凝视

充满未生之梦的黑暗

大便

蟑螂的大便很小
大象的大便很大

大便的形状
千姿百态

像石头一样的大便
像稻草一样的大便

大便的颜色
复杂繁多

大便
养育青草和树木

也有虫子
专吃大便

震惊

不管多么漂亮的人
大便也是臭的

不管多么了不起的人
也会排大便

大便哟　你今天也
鼓着元气出来吧

我说

我不想说夸张的话
我只想说水是清澈而冰凉的
嗓子干渴的时候能够喝到水
是人最大的幸福之一

抱着自信说出来的话并不多
我只想说空气是甘甜而清香的
只要活着还能够呼吸
人就会想微笑

理所当然的事说多少次都可以
我只想说鲸鱼是巨大而优美的
你听过鲸鱼的歌唱吗
不知为什么作为人我感到羞愧

然后关于人不知怎么说才好
孩子们在早晨的路上奔跑而去

我只是沉默着

为了将他们的身姿

几乎像伤痕一样刻在心里

第6首

总有一天会死去的欣慰

由朱丽叶塔·玛西娜扮演的卡比里亚哭喊:"已经不想活了!"话音刚落,她就卷入热闹的祭典行列中,笑了起来。不会有傻瓜问,泪和笑哪一个是幻想吧。据说,吊垂在大瓮中生活的库迈巫女曾经说:"我想死。"但是你不觉得,被称为诗的文字精妙地描绘着持续生活在荒地上的人的喜悦,难道不是扎根于从卡比里亚身体产生的变幻感情的单纯之中吗?能够说出"不想活了"这种反论式喜悦,能拥有那样说出话来的嘴唇、舌头、喉咙和心灵才是活着的证据,也是死亡的证据。不能歌唱总有一天会死去的欣慰的理由在哪里呢。即便那是一口气喝完廉价酒之后由过度恐惧而引起的伤感,抑或是星期日慢跑者目空一切的任性。

*

即使现在不能死总有一天会死

因为莫扎特先生都死了
我还没学会欣赏季节的鲜花
但我的眼睛和鼻子自然地接近陶偶
感受到赞美歌也渐渐慢下来的乐趣

你叫我马上死这有点性急了
辨别生死的过程中总有一天
也会回想着博纳尔[1]的色彩
或者连这样的余暇都没有
凌乱不堪地死在天空蓝色朦胧的视线角落

有没有坟墓都无所谓
以一朵野花沉默寡言的模样为模范远离神佛
但连接着每一天点点滴滴的快乐
用最新的生命论宇宙论来消遣作乐
即使现在不能死总有一天会死

---

1 皮埃尔·博纳尔（1867-1947）出生于法国的丰特奈-欧罗斯，逝于勒卡内。他是纳比派的代表画家。——译注

第 12 首

去卖母亲

我背着母亲
头发里沾着母亲的气息
用手掌支撑着母亲的臀骨
我去卖母亲

买了糖让母亲含在嘴里
问她冷不冷
母亲的手指陷入我肩膀
我去卖母亲

市场里子孙们嬉闹着
天空恬静又阴郁
价钱没有谈成
相互开着玩笑

母亲遗漏着尿

对诗1981.12.24—1983.3.7

睡在我背上
电车行驶在高架上
车上还有恋人们

穿旧了的太空服
空白的盒式录音带
还摆着一些野花
这种市场谁还会来买呢

我去卖母亲
声音枯涩
腿脚枯萎
我去卖母亲了

*

送给我明亮的诗，勉。不要在关紧滑窗的房间里摸索了，出来吧。河在流淌，蜻蜓也在飞翔，十元硬币落在路旁，时间就这样流逝着。看见什么了？转身看一下背后。什么都可以，送给我你所看见的东西，不要睡着了哟。

奏乐

对闪耀的
黄金乐器
吹入你
愤怒的气息

对冷彻的
白银乐器
吹入你
憧憬的气息

对温暖的
木头乐器
吹入你
忘却的气息

将潜藏于肉块中的
心

解放到
地平线的彼方

我们也是
随风响起的笛子
站在田野上
等待气息

等待星星的
也是人们
不间断的
今天的叹气

阳气

让眼睛憩息在绒毛般迷离的春天树林里
让耳朵溶化在向天空蔓延的大地的寂静中
让自己的气息掺和在
被阳光温暖的浅溪散发出来的微微腥味里
我能够感觉到的事情
是无数人早就感觉到的事情
我能够思考的事情
是数千年前早就有人思考过的事情
但就在那并不出奇的一瞬间
不是什么别人　是我
让身心像阳气一样飘荡又激动着
欢喜之后是恐惧恐惧之后是执着
可是我作为被那样命名之后就渐渐溃散的波浪
每一刻都反复涌动地活着
我的身体不知道明天是什么
但它确实知道——如果是今天
如果是隐藏在孩子们歌唱的朴素的音调中的
一如既往的无上幸福

一月一日

请给我画一幅详细地图
那栋房子我还没去过
啊,稍等一下
鞋子掉了
年轻时候的尼采如是说

十二月十五日

据户籍科的依田先生说

我被认定于这一天出现在世上

谢谢依田先生

庆贺我自己

哪位给我送点什么

每当蒲公英盛开时

小孩儿打开一扇白色的门

心里想着

非常可怕的事情

但是不告诉任何人

小孩儿捡起落地的小球

雾的水珠在他手腕的胎毛上

暗淡地闪烁着

小孩儿在想

只有一次　仅仅一次

就足够了

可是哪能一次就了结呢

每当蒲公英盛开时

小孩儿都在河畔做梦

梦见的确做完那事之后

那种无法挽回的悲哀

屎

圣经里虽然没有记载

但是亚当也排过屎吧

夏娃也在伊甸园的草丛里

排过苹果屎吧

人类自从出现在这世上

不也是不间断地

持续排着屎嘛

即使它作为肥料的功能

现在已经被夺去

但是屎不会失去

它的味道和光泽

屎与历史一样古老

与每天的太阳一样崭新

但是新闻从不报道它

梦的夜晚

太郎在梦的夜晚

盖着梦的被子

排着梦的遗尿

做梦之梦的时候

身穿梦的睡衣

被梦的真空吸尘器

吸进去

——做着这样的梦

次郎在想

这关我什么事啊

说起三郎呢

他还醒着 正在看电视

此时四郎 在母胎里

正在犹豫

出生还是不出生

黄昏

傍晚　回到家
看见老爸死在门口
我心想还有这样稀奇的事情
跨过老爸进屋
看见老妈死在厨房
煤气灶还开着火
我关掉煤气尝了尝炖牛肉的味道
觉着照这个样子
无疑哥哥也死了
果然　他死在浴室
他旁边的孩子在假哭
荞面馆摩托车的引擎轰隆作响
这是与往常一样的黄昏
明天仿佛毫无用处的那种

彩虹

我闭上眼睛
却听到了雨的声音
我堵上耳朵
却闻到了玫瑰的芬芳

我屏住呼吸
时间却在流逝
我一动不动
地球却在旋转

我即使不在了
另一个孩子会玩耍
我即使不在了
天上也一定会挂彩虹

面包

暄腾腾地膨胀着
外面茶色里面白
味道香喷喷的
我是面包

从前我是小麦
阳光辉耀
蓝天辽阔
微风吹拂

请涂上黄油
请抹上蜂蜜
请把我吃得干干净净
我是面包

再见

我现在必须走

必须马上走

虽然不知道去往哪里

走过一排樱花树下

从信号灯处穿过马路

以经常眺望着的山为目标

我必须一个人走

虽然不知道为什么

对不起啊妈妈

您要温柔地对待我爸

我不会挑食什么都吃

书也读得会比现在更多

到了夜晚就看星星

白天与各种人交谈

一定会找到自己最喜欢的东西

找到了就爱惜它　活到死

所以在远方我也不会寂寞啊

我现在必须走

你

你睡在我身边

衬衫打卷露出了肚脐眼

如果你不是在睡眠

而是已经死去

那我该多高兴啊

如果那样你既不会

用只考虑自己的眼神

目不转睛地盯着我

又不会和我讨厌的阿部

一起去河里游泳

你一到身边我就闻到你的气味

心就开始怦怦跳动

昨晚梦见我和你

只有我俩去打仗

把母亲父亲还有学校

都忘在了脑后

我想我俩要一起死了

我想永远和死去的你一起活着
我并不想跟你成为朋友
我只是喜欢你而已

花

手一碰花瓣就凉丝丝地合上
颜色好像从中间渗出
窥视花的内部　仿佛是深谷
从中间长着毛发
几乎要讲述令人发瘆的事情
看着花我不知如何是好
就把花瓣放入嘴里咀嚼
微微发酸头脑一片空白
老师说要记住花的名字
但是我不想记住
我站在原野正中间
只是站在那里不想去做其他
光着的脚掌像针扎一样疼痛
太阳来到我的脑门儿上
我感觉到空气的声音、清香和味道
人非得要去做什么事情吗
花就只是在绽放着
而且仅凭绽放继续活着

宝丽来相机

光照在地板上被揉成团的纸屑上,造影子。

从水溜子传来的柔和的雨水声,与耳机里尖锐的单簧管声混合在一起。

吐出来的烟圈,其中渐渐散去的另一个烟圈。

为什么在写着"划船很快乐"的便笺上记下这些呢?

想要逃掉的蛾,在我手指上留下的鳞粉。五十年后,我恐怕不在这里。

写下这句话的我,首先是在读这句话的人,我是别人。

狗睡在屋外的走廊里。如果她是佛陀,在做什么梦呢?

在我内部渐渐纠缠起无言的句法,音乐家哟,你对余音过分赋予权威了。

雷电的一闪中,显现被隐藏的万象,这是宇宙宝丽来相机。

在门口有一群饥饿的人,他们有拳头却不来敲门。

我在预言:预言家绝对不可能出现。

我是一只蹲着的猴子,造我的不是神,而是一个洞窟。

VTR
于圣托里尼岛

窥视着取景器,按下摄像机的启动纽,就像是用手指头指着什么。不是我在看,我只是委身于从眼睛和耳朵流进来的东西。我像切一块派一样割取世界,但是不想以损坏分割来控制它。我宁可希望在每一个细节上,在无言中赞美世界。

把眼前的驴叫作驴,我对这种没有必要的事情感到某种负疚,同时也感到安乐。毫无疑问,既不能停止说:驴是叫作驴的词语,又不能离开叫作驴的词语去看驴,但我对于不命名就无法写出来的诗这种形式已经厌倦,无论那是对眼前的物体,还是对如同沉淀在心里难以透视的顾虑一样的东西。

但与其说是因为我厌倦词语,还不如说因为我为活着的自己准备着走向死亡沉默的混沌。希望在无言中追忆世界,所以我是否应该去迷恋——出现在取景器中的今生事物和麦克风拾起的每个日子的声音。被记录在录像带里的那些，已经是一种模糊的回忆。

白色墙壁在阳光中闪耀的家家户户、突然倒在路上流口水的观光老人、大声吆喝着在小巷里步行卖东西的男人、成熟在这片土地上的又小又红的番茄、通往港口的粘着驴粪的弯曲石阶、发出刺耳的声音跑来跑去的日本产轻便摩托车，映在眼里响在耳里的数不尽的诸多事物，虽然它们不会因为我的拍摄而得到任何荣耀，但是通过把它们连接并相加，我爱惜这个世界。

在那里有可能出现的世界的模样，纵然仅仅是巨大拼图玩具的几片，但是它们像落在树枝的小鸟，会短暂停留在世上吧。即使有人问它的意义，我也无法回答。

你在那里

你在那里　　显得很无聊
右手拿着香烟　　左手拿着白葡萄酒杯
尽管房间里曾经也有过三百人
尽管地球上也有五十亿人
你却在那里　　独自一人
那一天那一瞬　　就在我眼前

知道了你的名字　　知道了你的工作
不久又知道了你喜欢"风吕吹"萝卜
知道了你不会解二次方程式
我爱上你　　你却付之一笑
我们一起去唱卡拉OK
我们就这样成了朋友

你对我发牢骚
你听我自吹自擂　　日子一天天过去
你为我女儿的生日送来八音盒

我喝你丈夫保存的威士忌

我妻子总是吃你的醋

我们就是这样的朋友

真正相遇的人没有离别

你还在那里

睁大眼睛凝视我　　反复跟我搭话

和你在一起的回忆让我活着

甚至你过早的死都让我活着

从初见你的那天到时间如此流逝的今天也如此

三个印象

赠你

熊熊燃烧的火的印象

火诞生于太阳

照耀原始的黑暗

火温暖漫长的冬天

燃烧在庙会的夏天

火在所有国家焚烧城堡

炙烤圣者和盗贼

火成为向着和平的火把

又成为向着战争的狼烟

火净化罪恶

又成为罪恶本身

火是恐怖

是希望

火熊熊燃烧

火光芒四射

——赠你

这样一个火的印象

赠你
流淌不息的水的印象
水诞生于一滴叶尖露珠
金光一闪就捕捉到了阳光
水滋润垂危野兽的喉咙
怀抱鱼卵
水唱着潺潺浅溪的歌
锲而不舍削磨岩石
水使小孩子的笹舟漂浮
瞬间又使那孩子淹溺
水转动水车转动涡轮
吞入所有污物映照天空
水上涨满溢
水冲破河岸冲垮房屋
水是诅咒
水是恩泽
水流淌着
水深深渗透土地

——赠你

这样一个水的印象

赠你

活生生的人的印象

人诞生于宇宙虚无的中央

被无限的谜包围着

人把自己的风采刻在岩石上

憧憬着遥远的地平线

人互相伤害互相厮杀

哭泣着寻求美丽的事物

人对多么小的事都会惊讶

然后立即厌倦

人描绘着朴实的画

像雷鸣一样高歌呐喊

人是瞬间

人是永远

人活着

人在心底继续爱着

——赠你

这样一个人的印象

赠你
火和水和人
充满矛盾的未来印象
不赠你答案
只赠你一个询问

未生

当你还没有来到这世上
虽然我也不在这世上
但是我们一起嗅到
阴天闪电时空气的味道
于是知道了
总有一天我们会突然相遇
在这世上平淡无奇的街角

……

士兵们曾经在这里死去
任凭沙子吸收他们的血
我们在这里这样相拥着
即使现在被晕眩的白光
瞬间烧成白骨也不会后悔
我们如此远离正义相爱着

后世

如同两个无休止的旋律一样交缠着
我们与虚空嬉戏
心血来潮时写下的日记　并排睡觉的床铺
到访过的废墟和荒野　穿旧了的成套靴子
眷恋着留在地上的仅有的那些东西

出生

婴儿刚露出头就问
"父亲缴了多少人寿保险?"
我慌张地回答"死亡险三千万"
于是婴儿说
"那还是放弃出生吧"
妻子鼓起劲儿叫喊着
"可是孩子房间里有电视啊!"
婴儿没有答话
我用献媚的声音说
"带你去迪士尼乐园啊"
婴儿一本正经地仰视我
"世界人口增长率多少?"
谁知道啊那种事
婴儿开始缩回头
妻子在叫喊"已经受不了孕吐啦!"
我用细小而瘆人的声音说:
"不出来我就打你的屁屁!"
婴儿终于哇哇地哭开了

小腿

因为我前天死了
朋友们穿着黑衣聚集过来
让我惊讶的是那个呜呜哭的家伙
是我生前连电话都没接过的男人
他乘坐雪白的奔驰到来

我前天死了
世界却没有灭亡的迹象
和尚的袈裟在冬日的阳光下闪耀
邻居家的小五在摆弄我的电脑
噢,线香原来这么好闻啊

我前天死了
所以今天已经毫无意义
由此我也懂得了非意义的事物
要是使劲摸摸那个人的小腿
就好了

多谢款待

我吃掉了爸爸

啃着鼻尖

咔哧咔哧响

拿起眼球

又扔掉

狼吞虎咽地吃着

脸蛋儿

嚼着腿骨

嘎吱嘎吱响

爸爸太好吃了

爸爸明天

会成为我的大便

高兴吗?

笑

很久以前的现在

我还不在

只是一粒

蓟叶影子下面的光

但那时我在看

母亲的眼泪

我知道

我也有一天

会像母亲那样哭

不管记住了多少词语

悲伤也不会消失

所以此刻我在这里

对母亲笑呢

哭了啊

哭了啊

我要哭了啊

即使现在笑着

遇到讨厌的事马上就会哭啊

我要是哭了

雷鸣都听不见

我要是哭了

日本都会沉没在泪水中

我要是哭了

连上帝都会哭泣

哭了啊

现在马上要哭了

哭着把宇宙打飞

晚霞

有时我重读自己从前写的诗
是用什么心情写的　我不会考虑这样教科书似的问题
因为写诗时只有想写诗的心情
我知道即使写了我悲伤
那时我也并不悲伤

批评性地阅读自己的诗很难
即使正在忘记　它也不属于别人
但也不完全属于我自己
如何承担责任这是一种悬而未决的奇妙心情

有时不知不觉感动于自己的诗
诗会煽起人们隐藏的抒情
这几乎达到厚颜无耻的地步

据说索尔·贝娄说过
"对文学而言最重要的本来目的之一

是提出道德性问题"
但是诗歌无意识地追求的真理与小说不同
它是不是比连续时间更属于瞬间

但我重读自己的诗时想:
这样写可不行
因为一天不单由晚霞组成
因为始终站在它前面是活不下去的
不管它多么美丽

傍晚骤雨来临之前

在椅子上伸展身体像狗一样嗅着夏天的空气时
刚才还让我那么心荡神驰的古钢琴音色
让我觉得像某种粗暴无理的诱惑
都因为这片寂静

寂静从诸多微弱生命交响的地方传来
虻的振翅声　远处的潺潺流水　轻拂草叶的风……

无论怎样倾耳静听都听不到沉默
但即使不想听到
寂静也会穿过包围我们的浓密大气传来
沉默属于宇宙无限的稀薄
寂静则扎根于这地球上

然而我真的听清楚了吗
当女人坐在这同一把椅子上责备我时
那尖刻的语言之刺与地下纠缠不清的毛根相连

声音中潜藏着拒绝消失于死亡之沉默的寂静

雷电从遥远彼方的云朵上向地面闪驰
稍后雷鸣缓缓拖起了长长的尾巴
我们现在依然能够听到
自从人类出现在世界之前就回荡的声音

关于理想诗歌的初步说明

虽然被人们称为诗人
但是我通常完全远离诗歌
不限于吃饭读报与人闲聊
连思考诗歌的时候也如此

诗是什么　也只能用夜晚的闪电比喻
在那一霎间我看到听到闻到
通过意识的裂缝向意识的另一边扩展的世界

它与无意识不同　明亮地闪耀着
它与梦也不同　不接受任何解释

诗只能用语言写　但它不是语言本身
有时觉得想把它变成语言是卑鄙行为
那时我就默默放走诗歌
然后总觉得这次好像损失了什么

诗的闪电照耀的世界上一切都有各自的处所
所以我完全进入随意放松的状态（恐怕是千分之一秒之内）
就像自己变成了一朵沉默不语的野花……

可是这么写下的时候
我当然在与诗歌相距遥远的地方

被称为诗人之类

飞机

飞机的翅膀
像个水果刀
抱歉啊　天空
一定很疼吧

但是要忍一忍
不要让它落下来
因为机上
还有婴儿

鬼

小时候
头上没有犄角
只有簇生的鬈发
每天玩着捉迷藏

因为被人欺负
渐渐长起了犄角
渐渐长起了爪子
连哭都忘记了

总之你是

不能过分相信莫扎特的音乐
时不时你这么说
喝醉了说清醒的时候也说
但是我没明白它的含义
直到最近

总之你是这么说的:
如果不死就去不成天国
虽然这么说你确实没把这人间当作地狱

几年前我边听莫扎特边开车
好几次因流泪而看不清前方险些出事
那时我已经不想听到人的语言
尤其是那个女人说的话

莫扎特原谅了我
至少在磁带转动的时候

而那个女人一瞬都没有原谅过我
也是理所当然的事情

也许是为了逃避莫扎特
你喝了那么多酒
心里明白死了之后就可以毫无悔意地
去钟爱莫扎特

不会相爱的人也会

这是最好的东西
也许不及九月清澈的蓝天
但或许是比把全世界的花合起来都要好的东西
虽然一刹那飘浮着瞬即融入大气
但那一瞬间比金字塔还接近永恒

这是最好的东西
即使比不上干渴的喉咙所贪图的凉水
却是与刚焖的米饭加上海苔鸡蛋和腌鲑鱼一样好的东西
单纯得都令人忘记还有饥饿的孩子
让我们比人类更接近天使的可怕的东西

这是最好的东西
是我们残酷的人类所拥有的最好的东西
给看守和囚犯　给敌人和伙伴同样带来喜悦的它
不是神殿城堡黄金更不是虚伪居多的语言
我们至少对此可以感到满足了吧

这是最好的东西
这短暂且极其单纯的旋律
我屏住呼吸　我轻轻呼气
不会相爱的人也为莫扎特落泪
如果这是幻觉那这世上的一切都是梦幻

TGV à Marseille[1]

列车在早晨的浓雾中继续行驶
不久从冬天冻伤的田野那边
像白色月亮一样的太阳朦胧地出现
亚麻色头发的姑娘在前座抱着胳膊睡觉

我把耳机塞进耳朵听着海顿的《四季》
如同观看一部没有主人公的电影
眺望着以二百公里的时速摇摄的全景

我知道如果说这是我最幸福的时刻
你会悲伤
但是不断流淌的风景和音乐不知把我心带向何方
将我们的生命连接到死后
你现在隔着九千公里在我身旁

1　TGV à Marseille 为法语，意思是"去往马赛的高铁"。——译注

睡醒的姑娘向坐在旁边的青年微笑
我不知道支撑那微笑的故事
缄默地窥视彼此的眼睛深处是那么安宁
如果说人是只为那一瞬才继续叙说
那你也一定会承认
此时与我们一起度过的岁月相匹配

即使忘记了所有为此耗费的词语
那些词语所带来的感情却有着将悲伤喜悦愤怒合为一体
让这一瞬间化作永恒的力量

加法和减法

忽然站在

空无一物的地方

一个女人和一个男人

一切从那里开始

有人说:蓝天?

好吧　把蓝天给你们

于是在他俩头上展开了令人惊讶的蓝天

有人说:地平线?

好吧　把地平线给你们

于是在他俩前方出现了遥远的地平线

那人是谁　这永远是个秘密

他俩只能接受礼物

从那以后在这人间

所有的东西时常都从天而降

金钱买得到的和金钱买不到的都掺杂在一起

他俩首先坐在椅子上

能坐上椅子是幸福的

其次是餐桌

不知不觉中渐渐看惯了餐桌是幸福的

他俩在晨光中喝茶

喝上刚泡好的茶是幸福的

但是比什么都幸福的

是身边有个人

喜欢的时候随时可以触摸其手

从前也有家伙说那是小资生活

可是现在大家都知道

幸福无论何时都是简单的事情

不幸福无论何时都不是简单了结的事情

但是幸福究竟能简单到什么程度?

为了回答这理所当然的疑问

他俩敲打茶碗

打碎餐桌

踢倒椅子

扔掉世上所有平常的东西
折叠蓝天擦掉地平线
然后或许稍不谨慎变成了赤身裸体

令人惊讶的是　即便那样幸福也丝毫未减
一个女人和一个男人手牵着手
连他们自己都感到茫然
始终站在那空无一物的地方

于是从时间深处
又传来那神秘人的声音
"空无一物其实是应有尽有
那才是我最大的礼物
我把它称为爱"

忍耐

我今天也照样吃饭以电视为菜肴
死之前不管发生什么
我都会跟平时一样吃饭拉屎
沙漠里的士兵们也只能这么做

闲暇的时候他们也会发射导弹吧
当然发射也要根据信念辨别敌我
而我没有那样的信念
所以只能徘徊着忍耐

这不是答案只不过是一个态度
我不相信所谓的答案
尤其是果断的答案都很可疑
疑问越复杂人就越喜欢寻求朴素的答案

朴素的答案与单纯的感情一起成套出售

我想我也不会老实到要去买它们的地步
但是装懂一切的理发馆政谈也令我难为情
我今天也照样吃饭以电视为菜肴

地球的客人

如同没有教养的孩子
连像样的招呼都不打
打开蓝天的门扉
就走进了大地的客厅

我们是草的客人
是树林的客人
是鸟儿的客人
是水的客人

对这里的盛筵
满脸得意地
频频咂嘴
赞美着景色

不知不觉间
就把自己当作主人

这就是文明

何等粗鲁

然而想要离开这里

为时已晚

因为死亡会培育

新的生命

我们死后的早晨

那个早晨

鸟儿的婉转鸣叫

波浪的回响

远处的歌声

风的微微摇曳

能够听到吗

现在

定音鼓演奏者

Der Paukenspieler 1940

多么巨大的声音
都不能破坏寂静
多么巨大的声音
都在寂静中响起

寂静用它的双臂一同抱住
小鸟的鸣啭
和导弹的爆炸
寂静永远在它的双臂之中

死亡与火焰

Tod und Feuer 1940

不会有人替我去死
因此我不得不亲自去死
我要成为自己的骸骨
而不是其他任何人的骸骨
悲伤
河流
人们的闲谈
被晨露淋湿的蜘蛛网
我不能带走
其中任何一个
至少能否让我听到
我喜欢的歌曲呢
在我骸骨的耳朵里

十二月

请给我　用金钱买不到的东西
请给我　用手触摸不到的东西
请给我　用眼睛看不见的东西
上帝　如果您在
请给我　真正的心情

不管那是多么　痛苦
请让我跟大家一起活下去

不被任何人催促地

我想不被任何人催促地死去

微风从窗户送来草木的芬芳

大气包围着平常日子的响动

如果可以我就死在那种地方

即使鼻子已经闻不到那芬芳

即使耳朵只能听到最亲近者的哀叹

我想不被任何人催促地死去

让心跳像我一直喜爱的音乐那样渐缓

像宴会之后的小睡一样慢慢进入夜晚

因为大脑停止思考之后

超乎想象的事情也许还停留在我的某处

那并不是因为我惋惜自己

并不是因为我感觉不到

被死亡冰凉的手指抓住手腕的人们

肝肠寸断的不安和挣扎

我只想身心一体地顺从命运
一个人　去效法野生生物们的教诲

因为我想不被任何人催促地死去
所以我死的时候也不想催促任何人
我想保持完整而唯一的生命死去
因为我相信有限的生命　因为我怜爱有限的生命
现在如此　死的时候也如此

我想不被任何人催促地死去
即使等候在门外的人要把我带到哪里
那一定不是在这片土地上吧
我想悄悄地留在活着的人们当中
作为看不见的存在　作为摸不着的存在

圣诞节

我用沾满泥巴的鞋踩踏了
你降予的茫茫耀眼的雪
上帝啊
请不要讨厌我

我用电视游戏炸掉了
你创造的闪烁的星星
上帝啊
请不要讨厌我

即使祈祷了也不答复
你在宇宙边际睡午觉
上帝啊
请不要讨厌我

你无论多么了不起
也不给减少一次战争

上帝啊

你在听我说话吗

大家欺负我的时候

我想着你呢

上帝啊

请不要讨厌我

厩舍里又冷又暗

这里却明亮得让人冒汗

上帝啊

请不要讨厌我

骸骨

我想死了之后成为骸骨

成为骸骨与小洋子一起玩

坐上秋千让风嗖嗖吹着

我想那一定是爽快的心情

也许小洋子会害怕

但我想和小洋子手牵着手

虽然眼睛耳朵都是空空的

但我什么都能看见什么都能听见

成了骸骨也不会遗忘过去的事情

悲伤的事情　奇怪的事情

我敲响骨头喀哒喀哒笑着

大家会盯着看我吧

大家会欺负我吧

因为我已经死了

因为我已经是骸骨

但是我不在乎

我要告诉小洋子骸骨的心情

告诉她活着的时候不知道的心情

因为不再饿肚子

而且不再害怕死亡

所以我永远永远和小洋子一起玩

我们的星星

可以用赤脚踩踏的星星

是土地的星星

夜晚也充满芬芳的星星

是鲜花的星星

一滴露珠不久向大海生长的星星

是水的星星

路旁有草莓隐藏的星星

是美味的星星

从远处传来歌声的星星

是风的星星

各种语言叙述同样的喜悦与悲伤的星星

是爱的星星

有一天所有生命一同休憩的星星

是故乡的星星

数不尽的星星中只有一颗星星

是我们的星星

天使和礼物

der Engel und die Bescherung 1939

天使赠送的礼物是什么
我们能够辨别吗

不是鲜花也不是星星
不是糕点也不是舒畅的心情

那礼物
恐怕就是我们自己……

现世的最后一步

Lezter Erdenschritt 1939

饥饿

干渴

垂死

一个躺着的女人

在炽热的太阳底下

在一望无际的沙地上

在她旁边

是美丽的生灵

是曾经的天使

羽毛已经脱落

柔情已经消尽

只有眼睛大大地睁开着

饥饿

干渴

垂死

为人的罪过挣扎着

戴铃铛的天使

Schellen-Engel 1939

真正想写的

绝对是曾经无法言表的事情

被戴铃铛的天使胳肢着

婴儿在欢笑

被风抚摸着头

花儿在点头

应该走到哪里才好

死后与出生前

已经连成一个圆圈

现在可以沉默了

无论怎么诉说

无论如何歌唱

寂寞未曾消失

喜悦也未曾消失

坐

坐在沙发上
在一个微阴的午后
像被剥除的蛤蜊肉

有不得不去做的事情
但是什么也不做
让心神飘荡着

美丽的东西是美丽的
丑陋的东西也有它
美丽的地方

仅仅待在这里
就已经了不起
我会变成非我

起身

喝水

水也了不起

然后

到了夏天
蝉又开始
鸣叫

烟花
被冷冻在
记忆中

遥远的国家
朦胧不清
但宇宙就在眼前

是何等的恩宠
人
可以死去

只留下

叫作然后的

接续词

歌

有人
在歌唱
我

用云的音调
用树林的
和声

有一天会停止的
心脏的
韵律

但是歌会继续
赞扬着
你

流淌在

河底的

水的旋律

响彻在

废墟的

夜晚的休止符

泥土

记忆
是浓烈的
暮色

后悔
对衰老而言
也是微弱的光

不再盛开的
花朵的
种子

现在也继续被播下
让泥土
歌唱

一百零三岁的阿童木

阿童木在远离村庄的湖岸上看夕阳
都一百零三岁了脸还是与刚出生时一样
一群乌鸦向它们的巢穴飞去

我不知多少次这样问自己:
我有叫作灵魂的东西吗?
即便有超乎寻常的聪明才智
即便有不亚于寅次郎的慈悲心

不知是什么时候我见过彼得·潘
他问我:听说你没有小鸡鸡?
我反问:那是像灵魂一样的东西?
彼得·潘听了哈哈大笑来着

不知从哪里响起那首令人怀旧的主题歌
阿童木心想夕阳多么美丽啊
但心情不去任何其他地方

大概是程序的小故障吧

阿童木这么想着喷射两条腿的发动机

向着夕阳那边腾空而去

啊啊

啊啊

啊啊啊

啊啊啊啊发出了声音

并不是我

但是发出了声音

不知从哪里发出来的

我浑身变得像笛子

啊

不要骄傲自满

能让我发出声音的不是你哟

不好意思　你是我的道具

我不想这样做了

还不如跟你喝啤酒

还不如跟你瞎聊天

可是还好

这样挺好

当志愿者多好啊

我们可以不去学校来到这样的地方

不过这样更好

为什么

痛苦啊我

虽然高兴但是难受啊

啊

不要问我好在哪儿啊

没什么意义

我并不是对你说

不用回答

声音是空的就像这星空

已经受够了

啊啊

喂,打开那个

未来无法想象

我也不想去想象

我现在可是独自一人

即使有人说不要哭我也会哭

啊啊

啊啊啊

多好啊

看什么都像女阴

看什么都像女阴啊
就连那座长着胎毛的小山丘也是啊
要是可以干的话我真想干啊
我能不能魁梧得头顶云天呢
那样我可是赤裸裸的巨人啊
不过要是那样我也许跟天空干上了
天空也是妖媚哟
无论晴朗还是阴郁都让人怦然心动
要是抱住天空我立马就喷了
给我想想办法啊
我甚至都想跟开放在那边的花朵干呢
这可不是因为它的形状跟那儿相似之类肉麻的理由啊
我想进入花蕊都想疯了
并不是仅仅把它放入啊
而是变小后整个身子滴溜溜地进入啊
你觉得我会往哪里去呢？
谁知道啊那种事

我好羡慕蜜蜂哟

啊啊受不了啦

风吹过来了

这就像跟风在干一样啊

求都没求　就来爱抚

妙极了那轻轻的柔柔的爱抚

可我也不是女人哟

啊啊毛发都立起来了

究竟要干吗呀这是

我的身体

我的心情

仿佛都要化掉了

我狂挖地面啊

闻到了土的味道

水也滋滋喷涌了出来

给我盖上泥土吧

把草、叶子和虫子都一起给我盖上吧

可这简直就像死了啊

太可笑了

我是不是想死啊

不高兴的妻子

不高兴的妻子一边削着土豆
一边在身体的暗处与弗洛伊德偷情
我曾经在高中毕业典礼的早晨想过
只要有蓝天就足矣

从那以后不知多少次往返于商店街
当时的乳头已经瞧不起现在的乳头
自从知道了爱这种观念没有用
我的言语多了口味也讲究了

突然落下眼泪是因为还有悲伤?
还是由于家人都不在家的这下午的寂静?
已经听不到那早市的喧嚣
我想用满是泥土的蔬菜的眼睛看此刻的自己

源自幸福的愿望应该在某个地方

在心灵深处却一直堵塞着不可燃的垃圾

不高兴的妻子在厨房切碎洋葱

等待流产的孩子来与她会面

那个人到来

那个人到来
又长又短像梦一样的一天开始了

触摸那个人的手
触摸那个人的面颊
窥视那个人的眼睛深处
手放在那个人的胸上

不记得后来的事情
外面伫立着一棵被雨水淋透的树
那棵树会比我们长寿
这么一想突然明白自己现在有多幸福

那个人有一天会逝去
我也是　我重要的朋友们有一天也会逝去
但是那棵树不会逝去
树下的碎石和土壤也不会逝去

到了晚上雨停了星星开始闪烁
时间是永远的女儿　　喜悦是悲哀的儿子
我在那个人的身旁听了永不结束的音乐

夏加尔和树叶

在花掉积蓄买下的夏加尔石版画旁边
我试着摆放路上捡到的橡树叶子

有价格的
和无法标价的

人的心和手创造的
和大自然创造的

夏加尔是美丽的
橡树叶子也是美丽的

起身沏上红茶
午后的阳光柔和地洒在餐桌上

凝视夏加尔的时候
我与那个人在一起的日子在复活

凝视橡树叶子的时候

我想着它柔细感的创造者

一片树叶和夏加尔

哪个都珍贵得不可替代

流淌的拉威尔钢琴曲在高涨

今天与永远融为一体

身心向窗外的蓝天溶化

……这泪水来自哪里啊

走路

我在走路
用自己的双脚在走路
即使有一天不能走路了
现在能走路是幸福

我在走路
在阴郁的天空下走路
虽然有事要做但已经无所谓
我知道从哪里走向哪里

这条小巷通往大马路
大马路通往繁华街区
繁华街区向大海又向其他陆地延伸
这些地方我只是路过而已

我在走路

这小小的喜悦

纵使在心里隐藏了什么

我脚踏着这个星球

语言

语言是种子
沉睡在远古的大地

语言是新芽
萌生于婴儿的嘴边

语言是花蕾
潜藏在恋人们的心里

语言是花朵
被讴歌着在大气中绽放

语言是树枝
随风摇曳胳肢着天空

语言是树根
在灵魂微弱的黑暗中蔓延

语言是叶子
干枯了面向新的季节

语言是果实
在痛苦的夜晚结果
在喜悦的日子成熟

以无限加深的意义
以品尝不尽的微妙滋味
连结人们的心灵

那一天

August 6

甚至用痛苦这个词
都无法称呼的痛苦
从你的皮肤向你的内脏
从你的内脏向你的心灵
从你的心灵向我绝不可能
抵达的深处
贯穿历史现在也阵阵剧痛

  那一天我不在那里

今天　孩子们
毫无伤痕的皮肤
灿烂在跟那一天相同的阳光里
以烧焦腐烂的土地为养分
树木的绿在歌唱夏天
记忆在无数个文字上面

正失去它的鲜度

  那一天我不在那里

我只能相信——
从愤怒、疼痛和悲伤的土壤里
也会有喜悦萌芽
连死亡都治愈不了的伤口
也不会消灭生命
那一天永远是
持续的今天

请求

请你跟我一起发抖吧
在我高烧发抖的时候
不要把我的体温改为数字
请你向我大汗淋漓的肌肤
贴上你凉爽干燥的肌肤

请你不要试图弄明白
在我梦呓连篇的时候
不要探寻它的含义
请你彻夜守在我身旁
纵使我把你撞到一旁

我的疼痛只属于自己
我不能将它分给你
全世界只是一根锋锥的时候
哪怕是闭上眼睛也要承受
你也是我的敌人这一事实

请你把整个自己给我
我不喜欢你只给我头和心
想要你背上我
摸索着徘徊
在阴曹地府的泉畔

奶奶和广子

奶奶说
死了之后我哪儿都不去
一直待在广子身边
死了之后腰不疼了
眼睛也比现在好使

母亲说
别说不吉利的话
父亲说
孩子会害怕的
可我并不害怕

我最喜欢奶奶
如同喜欢天空云朵太阳
奶奶您不要去天堂
死了也要待在这个家
偶尔在我梦里出现

奶奶说 OK

然后跟我勾指发誓

今天的天气特别好

大海在远处闪闪发光

我最喜欢奶奶

细绳

诞生以来
细绳就没头没尾
只有两端

捆扎一束褪色的情书时还好
但由于某种原因情书被焚烧
没有了系结和捆绑的东西
细绳就完全失去了自信

细绳在抽屉深处
开始梦见自己变成了蛇
是那种确实有头有尾的蛇

如果能变成蛇
我就蜿蜒爬上山坡
然后眺望远处的大海
直到尾巴说快回去为止

细绳（二）

被女人纤细温柔的手指
系成蝴蝶结……
这是细绳的秘密愿望

不过橡皮筋嘲笑那样的细绳
橡皮筋对细绳喊
你已经落后了
透明胶带在默默地听着
只要各有各的用处就行
这是透明胶带的立场

战争开始后
细绳橡皮筋透明胶带
不分敌我
都为人类效劳

虽然那微薄的功劳
并没有带来和平

歌

在妈妈的肚子里
在羊水中漂浮着
我已经在唱歌

在青草摇篮里倾听
蓝天给我唱
摇篮曲

吃饭时我的嘴巴和舌尖
也在与汤匙和盘子
和胡萝卜、甘薯一起唱歌

没有任何响动的夜晚
我沉默着和声
与来自寂静那边的歌声

初次接吻的时候

那个人的身体在唱歌
我的身体也在唱歌

我们活着的这个星球
它的大气永远充满了歌声
将喜悦、悲伤与痛苦融为一体

因此我有一天死去的时候
一定也会在唱歌
即使谁都听不到

自我介绍

我是一个秃顶的矮个子老头
半个多世纪之间
被名词、动词、助词、形容词和问号等
这些语言和符号磨炼着生活到今天
所以说起来我还是喜欢沉默

我并不讨厌各种工具
也非常喜欢包括灌木在内的树木
但不擅长记住它们的名称
我对过去的日期不太感兴趣
反感被称作权威的东西

我斜视乱视又老花眼
家里虽然没设佛龛和神龛
却有连接屋内的巨大信箱
对我来说睡眠是一种快乐
即使做了梦醒来就会忘掉

在这里叙述的虽然都是事实
可这样说出来总觉得好像在撒谎
我有跟我分居的两个孩子四个孙子
我没有养猫养狗
几乎都是穿着 T 恤衫度过夏天
在我写下的文字上有时也会标上价格

再见

再见了　我的肝脏
告别了　我的肾脏我的胰脏
我快要死了
然而身旁无人
只好跟你们道别

常年为我效劳的你们
往后就自由了
爱往哪里去就去吧
与你们告别了我也彻底轻松
成为只有灵魂的素面

心脏哟　让你怦怦直跳打搅你了啊
脑髓哟　让你思考过太多无聊的事情
眼睛耳朵嘴唇还有我的鸡鸡也辛苦了
各位别怪我啊
有了你们大家才有了我

即便如此　没有你们的未来是光明的
因为我对我自己不再留恋
所以我将毫无犹豫地忘却自己
融化于泥土消失于天空
与没有语言的事物们成为伙伴

凝视院子

我知道
你已经不再读诗
你曾经读过的诗集
还有几十本排列在书架上
但是你不再去翻开那些书页

取而代之　你透过玻璃门
凝视着杂草繁盛的狭小院子
你几乎要说出自己能读懂
隐藏在那里的看不见的诗
盯着看土地蚂蚁叶子和花朵

"萨丽已离去　不知其去向"
你用不成音调的声音在哼诵
这是你自己写的一行
还是哪位朋友写下的诗句
无论是谁写的都不错

从语言滴落的
从语言溢出的
顽固拒绝语言的
甚至语言未能触摸的
被语言扼杀的

不能悼念也不能祝福它们
你一直凝视着院子

去见母亲

少年 4

我一个人走进了昔日
蝴蝶在阴天翩翩飞舞
有个女孩在看着它们
孤零零地坐在青草上

寂寞这一情感是何时何地产生的
我坐在默默无言的女孩旁边
凝视着一对正在交尾的蝴蝶
这个女孩或许就是我的母亲

谁也未曾走过的一条路
向着地平线渐渐消失
只有隐约的弦乐声
把我拴在这世上

遥远的未来变成昔日的时候

我也一定会在这里

学会如何去爱

甚至对死亡都感到欢喜

说再见是暂时的
少年 12

与晚霞告别
我与夜晚相遇
可是茜色的云哪儿都不去
就藏在黑暗里

我不会对星星们说晚上好
因为她们总是潜藏在白天的光里
曾经是婴儿的我
如今仍在自己的年轮中心

我想谁都不会逝去
死去的祖父是长在我肩上的翅膀
带我走向超越时间的某个地方
与枯萎的花儿们留下的种子一起

说再见是暂时的

有一种东西连结着我们

它比回忆比记忆都深刻

不用寻找它只要相信它就可以

不死

不死

你在飞翔
在云海之上
没有翅膀
虽然畏惧天空
却也痛快地飞翔

你在飞翔
不是在逃离
也不是在追逐
因为爱
被大气支撑着

你在飞翔
眺望着看不见的家家户户
追寻着看不见的河流

心中描绘着看不见的连绵山峰

高高地飞翔

你在飞翔

俯瞰交替的王朝

俯视诸多蘑菇云

被重力嫉妒着

向着不死

与兔子

他在想

把兔子放在柔软的青草上

为了不让它畏惧

轻轻地把它放在

春天柔软的青草上

虽然世界还没有终结

可凡事都不确定

因此哪怕用自己的双手
抱着兔子
走路
登上山丘
毫无目标地离开都市

还有
没有写进书中的事情
他与兔子
就在那空白之处

倾听
渐渐变老的预言似的歌
混杂在风中

树下

小孩儿
一个人坐在那里

双腿平齐

离谁都很远

时间像薄雾包围着他的肩膀

月亮在照耀

阳光在倾注

星星在旋转

谁也无法确定那里是何处

谁也不知道抵达那里的路

青蛙在抬头看小孩儿

大象在靠近小孩儿

花朵还是个花蕾

世界在寂静中说出

隐藏在小孩儿内心的秘密

小孩儿坐着

为了渐渐老去的我们

浅浅地微笑

出生了啊　我

出生了啊　我
好容易才来到这里
眼睛还没睁开
耳朵也听不见
但是我知道
这是多么美好的地方
所以请不要打扰
我欢笑　我哭泣
请不要打扰
我去喜欢谁
我让自己变得幸福

为了迟早有一天
从这里走出去
我现在留下遗言
希望山永远高高耸立
希望海永远深邃满溢

希望天空永远蔚蓝清澈

然后希望人们不要忘记

自己来到这里的那一天

讨厌

可以说讨厌吗
对确实从身体深处讨厌的事情
可以不忍耐吗
可以不认为我任性吗
不依靠父母和老师
也不跟朋友商量
一个人能够说讨厌是需要勇气的
可我不想糊弄
我讨厌装出不讨厌的样子

成人我不了解
人间究竟是什么
在惧怕什么

请让我说讨厌吧
讨厌的并不是小小的我
而是为了变得幸福而挣扎
与宇宙相连的大我的生命

谢谢

天空　谢谢你
今天也在我上面
即便是阴天我也知道
你向着宇宙湛蓝又辽阔

花朵　谢谢你
今天也为我开放
也许明天你会凋零
但你的色香已经是我的一部分

母亲　谢谢你
生了我
因为不好意思说出口
这句话我只说一次

但是是谁　是什么

把我给了我?
我向着无尽的世界喃喃自语
我　谢谢你

临死船

不知不觉我已乘上开往来世的联络船
船上相当拥挤
老年人居多　但也有年轻人
令我惊讶的是还有稀稀落落的婴儿
大部分没有同伴独自一人
但也有畏惧似地相互依偎的男女

以前听说去来世并不是容易的事情
但只是这样摇晃在船上也挺轻松
虽然这么想　可总觉得这心情并不牢靠
是否真的那么想过　我自己都很茫然
是因为已经死了才变成这样
还是心情这东西本来就是这样

忽然抬头一看　这里也有天空
看见初秋午后西斜的太阳光芒
虚幻的橙色宛如面纱蒙盖了褪色的蓝

好像是在似醒非醒的梦中

船缓缓前行　发出老式发动机低沉的声音

来世是否还很遥远

旁边的老人自言自语般嘟哝着

"这就是三途河[1]吧

比我想象中大多了　简直就是大海"

这么说还真是　看不到对岸

尽管如此　水平线也看不见

因为水和天像一块布一样相连

哎呀　不知从哪里传来了叫声

有人在说"他爸　他爸"

好像是在哭

听着耳熟　原来是我老婆的声音

竟然格外妖娆动人

我想去拥抱她　明明自己已经没有肉身

---

1 三途河，即冥河，佛教用语。传说三途河是生界与死界的分界线，人死后需渡此河。根据死者生前的行为，河水会分成缓慢、普通、急速三种状态，故被称为"三途"。——译注

我东张西望地寻找老婆的身影
虽然就在身边　但影子像幽灵一样淡薄
握住她的手　却完全没有反应
然而她的心情　我却了若指掌
还好　她是真的在悲伤
我只是担心其中有人寿保险的盘算

听到老婆的哭声也丝毫不觉得自己死了
这仿佛是生前每一天的延续
这么说来　我在活着的时候
活着的实感也十分淡薄
我是否从那时就开始渐渐死去
汽笛忽然发出了呆板的声音

环形的鸟群飞舞在船的上空
它们是尚未成佛的灵魂
从前我读过这样的故事
人一旦变成鸟
是不是就不能与先逝的亲友聊天

或者人的语言是不是在这里根本不灵

原来这样的担心是多余的
一只鸟从上空呼唤
鸣声听不到　但心情却在反响
那是五岁时死去的邻家同龄女孩
"妈妈还没有过来呢
这里的花儿永远不会枯萎啊"

我本想问她好多事情
可是难以询问　因为她仍然是五岁的孩子
即便问她这艘船驶向哪里
即便问她你每天在做什么
即便问她晚上能否看见星星
她只会缜密地传递"不知道"的心情

虽然迟了一些，总觉得有点悲伤
但并不是那种痛彻心扉的悲伤
我理应告别了自己喜欢的人和物
但是生前一直痛苦艰辛的坚硬疙瘩

从现在开始渐渐松懈

这究竟是结束还是开始

闻到一股香气　这令人难以忘怀的香

立即浸入我的心里

从前我有个拉小提琴的恋人

后来她在我眼前裸身演奏过曲子

细腻委婉的琴声和她的气味

浑然一体　渗入了我的皮肤

这时不知为什么

我觉得自己不仅有身体还有灵魂

突然响起螺旋桨倒转的声音船停止前行

不知从哪里涌上一帮人

身穿满是灰尘的野战服

还有手握着手榴弹的家伙

其中一人突然笑着问：

我是不是死了

总觉得身体冷飕飕的

这么说着与伙伴互开玩笑

这笑声我好像在母亲的子宫里听过

浓雾升起　船又开始咕咚咕咚行驶

奇妙的是这艘船就在我眼底下

它宛如电影画面重叠成一张脸

那是我胡子邋遢面色苍白的脸

本是镜中看惯了的脸　此刻只觉得是别人的

我都怀疑看这张脸的我是不是自己

我想笑着蒙混过去　但那张脸开始绷紧

明明是自己经历的　却觉得像别人的事情——

我记得自己确实有过这样的感觉

高中时我想着寻死　站到了校舍屋顶

往前迈出一步　就可以抹消自己

但是真的能够抹消自己吗

觉得自己像漫画中的配角　于是走下了楼梯

我们曾经还边喝酒边议论这样的事情

大家都年轻　所以谈论死亡仿佛是在开玩笑

三轮说：没了身体剩下的自己是什么
奥村回答：是意识
庄司说：没了大脑意识也没了吧
郑说：反正死了就会知道

自己突然从甲板上被吸了出去
这么一想　胸口就像被勒紧了一样痛苦
强烈的光使我目眩　我在医院的白床上
"他爸　他爸"又是老婆的声音
我想说别管我了　却发不出声音
可那廉价香水的气味令我非常怀念

我察觉到自己在呼吸
直到刚才还不疼痛也不难受
可此刻好像被阎罗摧残一样
浑身上下都在发出悲鸣
原来是我又回到身体里了啊
真不知该高兴还是该痛苦

远处传来微弱的声音

那声音沿着山棱线缓慢地蜿蜒起伏

如同有人寄来的信笺一样传到这里

音乐像水一般流入剧烈的疼痛中

好像是儿时经常听的音乐

又像是头一次听到的音乐

啊啊我做了坏事

一种无头绪的炽烈心情像龙卷风一样袭来

并不是因为我想起对谁做了什么

只是此刻特别想道歉

我明白如果不道歉就死不成

如何是好　我得想个办法

旋律像看不见的线一样缝合着

这就是所谓今世和来世吧

我已经不知道这里是哪里

不知不觉间疼痛已经渐弱　只留下寂寞

从这里能去哪里又不能去哪里

只能依靠音乐走下去

触及灵魂

在轻柔的毛毯下面
是一对恋人温暖的身体
手牵手仰面躺着
他俩朝向白色天花板的视线
并没有聚焦在一起
传来莫扎特的克歇尔 K.622 单簧管协奏曲
第二乐章柔板的初秋下午
年轻的他们没有察觉到完美幸福所带来的悲伤
沉浸其中

男的说"昨天又见到萨列里[1]了"
女的说"《阿玛迪斯》[2]看几遍你才满意呢?"
"不管史实如何 没有一个男人那么爱莫扎特

---

1 安东尼奥·萨列里(1750~1825),意大利作曲家,与莫扎特为同时代人,成就非凡。——译注
2 即电影《莫扎特传》,"阿玛迪斯"为电影名"Amadeus"的音译。——译注

嫉妒憎恨杀意都是从爱中产生"
单簧管像孩子一样跳上跳下
"如此美丽的音乐为什么产生那么丑陋的感情？"
男的没作答凝视着女人的侧脸在想
——音乐肯定一切　在日语中"悲哀"是"爱怜"
在古语辞典中把它定义为"无奈悲伤的爱怜"

……很久以后不再年轻的女人想起那天的事情
泪水从那个人的眼眶里唰地流到面颊
那泪水让我觉得实在太美丽
所以我没问他为什么哭泣
莫扎特给的泪水　莫扎特给的世界
虽然连他自己都不可能停留在那里
但是我那天触及了看不见的灵魂
那个人的　我的　也是莫扎特的灵魂
那记忆现在也让我活着　即使我失去了那个人的现在

黑暗是光之母

没有黑暗就不会有光
黑暗是光之母

没有光就不会有眼睛
眼睛是光的孩子

看得见的事物所隐藏的
看不见的事物

人从母胎的黑暗出生
渐渐向故乡的黑暗回归

由于一瞬的光
知道这世界无限美丽

在眼睛休憩的夜晚
梦见潜藏于身心的宇宙

我们是什么时候开始的
这一切是谁创始的

眼睛为了接近那个谜
在探索能够看到看不见的事物的方法

暗物质
看不见也听不到

而且它是像沉甸甸地传来的
沉重的动静一样的东西

如今那里仍然有
持续产生的事物

黑暗不是虚无
黑暗在爱着我们

不能惧怕那
孕育光的黑暗之爱

如果可以的话

希望你用素颜微笑

如果可以的话

在爱里忘记自我

那一瞬的你

像花一样自然

像音乐一样优雅

可在某个地方

隐藏着刚洗好的衣服

每天的香味儿

希望你活在不可替代的故事中

如果可以的话

不被小说欺骗

心里有着母亲的乳房

和父亲的膝盖的记忆

用泪水背叛着

被泪水背叛着

不要从镜中未来的自己

转移视线

不要害怕时间

如果可以的话

肉体枯萎的时候

是灵魂成熟的时候

活在钟表无法计刻的时间中

要相信看不见的东西

从卷起旋涡的信息海洋中

捞取一滴智慧

像猫一样惬意

希望你入眠　在孕育梦的夜晚

希望你睡醒　在多少次都是初次的早晨

探病

走下通往海湾的平缓坡道
在饭店一样新的医院病房里
我与一个或许即将死去的人
一起度过了平静的片刻

(已经没有什么想问的事情
这并不是因为我已经知道答案
而是知道了不知道答案就是答案)

窗边杯子中的玫瑰花
散落在枕边的孩子们的照片
与身体连接的机械微弱的喘气
透过玻璃窗能看到的世界碎片
这些足以描绘一幅曼陀罗画

"……那时……我……和你……"
断断续续地说　然后就没有了话音

但是在面具一样苍白的表情里

微笑泛起看不见的涟漪

床上病重虚弱的人

用全部的健全的灵魂紧紧抱住了我

解说

一、谷川先生

在这篇解说中，我不写"谷川俊太郎"，而是亲切地称他为谷川先生。

因为一个起缘，我跟谷川先生成为朋友，并开始交往。随着交往的深入，我对谷川先生诗歌的想法，发生了很大的变化。那么，就从我们交往的发端开始写起吧。

二十五年前的1987年8月，有一个国语教育研究会的暑期集训在鸟羽举行。谷川先生作为讲师之一被邀请参加，我作为出版社编辑，也被一位老相识——主办人招呼去参观学习。我乘坐新干线到达名古屋，再换乘开往鸟羽的"近铁"特快时，谷川先生就坐在我正对面的座位。主办人介绍我们认识后，我们聊了一路，但现在已记不清到鸟羽的那一个多小时里我们都聊了什么。这就是我与谷川先生的邂逅。那时，著名诗人谷川先生五十五岁，我四十六岁。

在研究会上，谷川先生简直太帅了。白衬衫白裤子，脊梁挺直，快步辗转于几个分会场，用犀利的语气对学校、国语教育、课程，以及教材进行了批判。对于他提出要结合孩子们的体验，重新审视文学教育应有状态的想法，我虽然产生了共鸣，但是他那过于清晰准确的语调和温文尔雅的都市人的举止，让我觉得他是我无缘接近的人。

但是，到了第二年，他不再是我无缘接近的人，我们的来往变得频繁起来。元旦时，谷川先生打来电话。我记得，他好像是从我供职的出版社受到了什么工作委托，因而想找我收集相关信息。我们在当时的新宿车站大楼的咖啡馆见面，他问完该问的事情，就赶紧回去了。后来，我想与他商量朗诵日本从古典到现代的诗歌，并录制CD欣赏的计划（《用声音欣赏美丽的日本诗》，岩波书店，1990年），给他打了电话。这次，我们在他家附近，南阿佐谷地铁站旁边的一家咖啡馆见面。谷川先生对这个计划很感兴趣。他是个只要下定决心，工作起来就会非常麻利的人。他迅速决定了计划梗概，两周后约大冈信先生（诗人，1931年～　）加入。然后，我们三个人坐在一起商议，在下一个月，编辑会就开始工作了。我想在此就他的工作之麻利，顺便加上两句——在三十年的编辑工作中，我只遇到了一位比截止日期提前一个月交稿的作者，他就是谷川先生。这在出版界不合常理，因为围绕稿件的截止日期，编辑常与作者互相争执，因而成了编辑的基本工作。实际上，我有几次拿到他过早地交上来的稿件时都惊呆了。

我们这样见面的过程当中，我觉得谷川先生是一个不可思议的人。他虽是著名诗人，却从不摆架子，也绝不允许别人称他为老师。他好像不觉得自己是特别了不起的人，对"老师"这个词似乎也持有生理上的厌恶感，而且对自己是诗人或者写诗并不是特别重视。他爽快地对我说过："其实我吧，本来想成为一个工业设计师，或者做木工之类的工匠，可我是个笨手笨脚的人啊，所以除了写诗，就没有其他谋生的路了。"从此我发现，他虽然进行尖锐的文明批评，却是一个与知识和道理保持距离的人。比如，他不会说在哪里的书上读到，或者听哪位先生这样说过之类的间接的话，而是把自己的当下直接向我倾诉：我做了这样的事，看到了这些，有了这种感觉，然后有了这样的想法。喂，山田先生，你如何看这个？就这样，他对于我，对于一个小心翼翼地相比知识更看重真实感的编辑来说，成了一个容易理解、容易交往的人。

有一次，我请谷川先生以编委的身份参加一个计划。这是通过观看影像课程《系列课程——实践的批评和创造》（全十一卷，岩波书店，1991～1993年），与实践者、教育学者、教师前辈、语言专家和心理专家聚在一起互相评论的计划。他在编辑会上全勤工作，积极陈述自己的意见。在发言中，他直接表露出那个曾经不适应学校生活、陷入孤立、反抗老师的少年的表情。对学校和课程的攻击性发言，让人觉得他不像是一个成年人。例如，会场上如果有一个不注重上课孩子的表情，只注重上课进度和教育技巧的老师，他就会毫不留情地批判。对方如果理解不了他的想法，他有时就直接谢绝我的挽留，立马走人。我作为编辑，那时很想对他说：您得想个办法啊。但那种状况，对我来说又值得感激。因为少年时代找不到落脚之处的痛苦，给我留下了深刻的记忆，所以我一直心怀从孩子的角度重新考虑教育的愿望。

如上所述，真诚无虚的举止是谷川先生的优点，但有时也让人为难。他一旦陷入郁闷的心理状态，声音就会变得非常阴沉，以致无法进行谈话。我不想再听到那个声音。有时，他跟大家一起工作，就会突然产生厌倦。既厌倦又折腾是幼年人的特权。不过，依旧保留着孩童眼神的诗人是可以做到这一点的。他心情不好的时候，绝对不要靠近他。因为那时他的所有回答都是爱答不理的。写到这里，我觉得如果不是那样，也就不是谷川先生了，那该多无趣寂寞啊。他就是这样一个人。

谷川先生从不与人纠缠。他常常把自己规范成为超脱的人，提醒自己不要一不留神接近别人，被人际关系所束缚。他还说过，自己不是那种依附于他人的人。所以我想，那时候我在谷川先生的意识里，是一个相当令人放心的编辑。

然而，1994年夏天，我和妻子却接到他的邀请，一起去了他家在北轻井泽的别墅。这个邀请有点超出工作范围，不像超脱的谷川先生的做法。我在别墅，初次见到了他的伴侣佐野洋子（绘本作家、随笔作家，1938～2010年）。这像是一次游园会，应邀来别墅的有五个人，佐野女士的两位女友、一位为佐野女士和谷川先生工作的男编辑，还有我们夫妇俩，加上谷川夫妻，是七个人的聚会。第二天的晚餐之后，我们才回去，大家都是富有个性的人，聚会非常开心。其实这次游园会，是他们夫妻俩为了修复已经开始破裂的夫妻关系，而召集彼此的朋友前来聚会的。1995年夏天，我一个人再去北轻井泽时，他们沉默寡言，表情僵硬，看得出已经心意不通。年末，谷川先生告诉我，佐野女士已经离开他们的家。

1996年，我接到一个女编辑的电话，她跟佐野女士和谷川先生的关系都很亲近。她在电话里转告我，佐野女士希望我能够居中调解一下她和谷川先生。我于是去了位于圣迹樱丘的佐野家，她决定分手的意愿已十分明确，还把理由逐一说给我听。于是，我又去谷川先生家里，转达她的意见。谷川先生无论如何都要修复两人的关系，因此提出了反驳。我带着谷川先生的想法再去佐野家，然后又返回谷川先生家，如此这般往返了两次。这期间，他俩在6月末直接发生了激烈冲突，并得出结论，于7月提出离婚申请。我只有在小说里读过男女之间如此惨烈的场面，所以真不该去当这个调解人啊。

8月，谷川先生来到我每个休息日都去游玩的秩父。他不再是那个精神抖擞地批评教育的诗人，倒像是一个沉浸在绝望和悲哀中的少年。看着他那沉重的表情，我吓了一大跳。晚上，在长瀞河畔租住的小木屋里，谷川先生对我说：暂时不写诗了，要结束像把写给佐野女士的情诗都收入诗集里那样，将诗和生活混淆在一起的日子，要重建属于自己的生活方式。我没有赞成他的话，因为这简直就是佐野女士跟我讲过的对谷川的批判。不过，我的心瞬间被深深打动了。一位六十四岁的大诗人，变成了小孩子，毫无掩饰地痛苦着。唉，我明白了，他原来是这样一个人。比起批判教育的诗人，这个少年更加帅气。我于是下定决心陪伴他左右。直到谷川先生的心情平静下来的2000年前后，为了消除他的苦恼，我常与他相聚，邀他去野山游玩，一起上街喝酒，请他来家里，陪他去山里兜风，跟他聊天。

2000年，我为了编辑已经策划好的《CD-ROM谷川俊太郎全诗集》（岩波书店，2000年）忙得不可开交。与纸质书不同，电子书的制作速度非常快。大约在四个月的时间里，我把他当时的全部五十四部诗集的约两千首诗，从《二十亿光年的孤独》（1952年）到《大家都温和》（1999年），在校样上做了初校、二校、三校，一共审读了三次。从早到晚，包括休息日在内的每一天都在谷川先生诗歌语言的海洋里，沉溺且遨游着。如果不是工作，这是绝对完成不了的事情。

2001年退休之后，我们几乎没有了工作上的来往，但是我与超脱的谷川先生并没有断绝交情。我们在不知不觉间，已经成为像小伙伴一样的朋友，一个月一次左右，在新宿的韩国料理店吃喝闲聊。2002年，他在酒馆亲手送给我收入极短诗的诗集《minimal》(思潮社)。我回家读了，非常高兴。从这部诗集里，我感受到了穿过惨烈场面的谷川先生新诗的力量。这之后出版的每一部诗集都很棒。特别是《我》(思潮社，2007年)这部诗集，我收到后，刚打开读就很感动，忍不住立即给他打电话。我想，即使经历了考验，他也不会是现在才有改变，不过，他的诗却变了。关于这方面，我将在下一章里接着写。

《我》出版之后，我们以谷川先生的诗为佳肴，细品着酒，做了对谈，并请一位年轻的朋友帮我们录音。在长瀞看到的那个敏锐且容易受伤的孩子，应该始终在这些诗的背景里。我想知道：那个孩子是如何摆脱了人生困境？从那种体验中又如何找到了语言，又是如何创作出这些能够打动广大读者的诗？我们从他五年级写的诗到七十七岁时写的《出生了啊 我》，忘我地讨论了八十八首诗。共谈了十六个小时，每次两个小时，分八次进行。那是笑声不断、真诚无虚的对谈，我由此知道了谈诗原来如此让人快乐。让我没想到的是，一个小小的出版社，竟然通过他们细致的工作，出版了这部又厚又漂亮的书（《我是这样写诗的——谷川俊太郎谈诗和人生》，七六社，2010年）。

我想以如上所述的个人体验作为支撑，接着写一写关于谷川先生的诗，还有对于这本诗集的感受和思考。

二、诗和人生

谷川先生，1931年12月15日，通过剖腹产手术出生于东京庆应医院。他是哲学家父亲谷川彻三和母亲多喜子的独生子。从出生的第二年开始，他在北轻井泽的别墅度过夏天的时光。这片高原地貌的大自然形成了谷川先生自然观的骨骼，后来出现在他的许多诗中。1936年，他进入位于高圆寺的教会学校——圣心学园。1938年，进入杉并第二小学。他说，虽然数次担任班长，但对学校没有快乐的记忆。

1944年，他进入都立丰多摩中学（原府立第十三中学）。1945年7月，随着空袭越来越激烈，他和母亲一起疏散到母亲的娘家京都府淀町。9月，转入京都府立桃山中学。战败之后，1946年3月回到东京。在丰多摩中学（后来的都立丰多摩高中）复学。他开始迷恋贝多芬的音乐，不久之后，他又把对贝多芬的倾心转向了莫扎特，但战时听到的《去海边》的旋律也让他感动。对音乐的爱，孕育了谷川先生诗歌根源里所具有的音乐性。

1948年，他在同班同学北川幸比古（儿童文学家，1930～2004年）的劝诱下，开始写诗。在校友会杂志《丰多摩》上发表了四首诗，在北川编辑的钢板印刷诗刊上发表了两首诗。从1949年10月12日起，他开始在大学笔记上不断地写下没有任何他人出现的心象诗。

1950年，他的厌学情绪愈演愈烈，屡次反抗老师。成绩下降，转入定时制高中，好不容易才毕业，但拒绝读大学，赋闲在家。7月，父亲问他将来有什么打算。谷川先生无可奈何地答道：在做这样的事。便拿出三本笔记递给了父亲。父亲被他的诗感动了。于是，把诗寄给了自己的朋友、诗人三好达治（1900～1964年）。三好感动于那些诗歌没有感伤的抒情性，从中选了六首推荐给《文学界》（文艺春秋新社），在12月号上刊登了《尼禄（外五首）》。对谷川先生而言，写诗只是排遣郁闷的一种乐趣，所以他并没有想过当诗人。然而，这六首引诱人们回归青春期心灵之乡的诗却抓住了读者的心。诗人之路已经在眼前展开，谷川先生只能成为诗人。

两年后，他从三本笔记中选出五十首，出版了《二十亿光年的孤独》（创元社，1952年）。宫泽贤治（诗人、童话作家，1896～1933年）为其妹妹登志写下的镇魂童话《银河铁道之夜》，对谷川先生所有诗都产生了强烈影响。这时，已经知道人总有一天会死去的少年，用宇宙中孤单一人的眼神挑战般地注视着的日常，被不可思议的明亮所包围（这部诗集里从笔记诗中收入《二十亿光年的孤独》四首、《十八岁》两首、《谷川俊太郎诗集》（角川书店）的《午餐》和《悲剧》，共八首）。

翌年，他的第二部诗集《六十二首十四行诗》出版。诗的个性全然变了。自1952年至1953年，他一到北轻井泽，青春的身体就感应到高原的大自然，语言也就源源不断地涌现出来。他将如流水般涌动出来的语言，约束在从立原道造（诗人，1914～1939年）那里学到的十四行诗的形式中，迫使它们成为诗。立原的十四行诗是抒情的，而他的十四行诗却作为奔放青春的赞歌，成了现代诗风格的诗。他在《第49首》中，这样写道："凝视人的时候／生命的姿态令我回归世界／新绿的树和人的姿态／有时在我心中是相同的东西。"这个从森林大自然中出现的"人"，就是他在北轻井泽的青梅竹马岸田衿子（诗人，1929～2011年）。于是，这位青年从孤身一人的日子走进了由两个人去创造的生活。

1954年，谷川先生和岸田结婚，住在东京台东区谷中。一旦生活在一起，"人"就不再是那个从大自然中出现的精灵。孤独的青年在与他人不断的碰撞中度日时，开始了诗歌创作。他的第三部诗集《关于爱》中，很少出现显露幸福表情的诗。他们的婚姻很快就破裂了，从第二年——1955年分居，并于1956年离婚。1955年，由他自编自导的独角剧《大栗子树》在文学座上演的时候，他与主演大久保知子相逢。在朋友北川幸比古创立的出版社自费出版的《绘本》中，他写了一首鲜活地描写了开拓地一个家族的诗：《家族》。这首穿插着象征性的美丽意象和姐弟俩短暂的对话，为和睦、丰足的家族而祈祷的诗，就是写给1957年与他结婚的大久保知子的。谷川先生对知子非常认真，跟她说，我们要白头偕老，直到死都在一起，你给我生孩子并好好养育吧。

1960年长子贤作出生，1963年长女志野出生。那时候，谷川先生承担着家庭负担，为养家糊口忙碌工作。他为了赚得生活费，接受着各种工作委托，并将工作计划在统计纸上写成一览表，完成一个就划掉一个。他那时都讨厌写诗了。从《致你》（东京创元社，1960年）中的《反复》一诗中，就能看得出他的那种情绪。但是，在这段艰苦奋斗的时期，"他（诗人）应该不是为了一首优秀的诗这种抽象观念而写作，他只是想生活。希望通过创作那首诗与人们连结在一起，尽可能地获得一天的生活费用"（《走向世界！》，弘文堂，1959年）。这是作为生活者的诗人的发现。从此，他通过诗歌向人们传递着快乐、感动和惊讶，同时也努力维持着自己的生活，作为一个贴近无名之辈的诗人出发。我认为，这是对一个早晚要成为国民诗人的人，必须要有的一个低迷期。

从1962年1月开始，他在《周刊朝日》上连载时事诗，长达两年（《诙谐诗九十九首》，朝日新闻社，1964年）。其中，既有描写社会事件的诗，也有针对季节话题的诗，每一首都富有妙趣。仅仅拾起那些流传在街头巷尾的语言，就写下了像《问候》这样的上乘之诗。这种对市井语言的发现，与后来的《语言游戏之歌》（福音馆书店，1973年）等诗集对无名之辈花费时间去慢慢磨炼出来的口承诗形的关心，以及只收集人们日常使用的词语片段的诗《日本语目录》（《日本语目录》思潮社，1984年）的诞生相联。

1962年，他首次出版现代诗诗集《21》（思潮社）。《诗的眼睛》是谷川先生的诗法宣言。从潜意识中寻找恰当的语言去表现不被常识的眼睛所看见，却被诗人的眼睛所发现的不可思议的现象，这就是谷川先生的诗。例如，在诗集《旅》（求龙堂，1968年）的《鸟羽》中，以源自潜意识的语言审视并展现了旅途中幸福家庭的情景，描绘了经济高度成长期的气氛和封闭家庭的危险性。从此，这个诗法，作为一种技巧被诗人深化下去。还有，据说面对《鸟羽3》开头突然出现的"老太婆"时，谷川先生头一次强烈地感受到与自己和家人都不相同的"活着的他者"存在。从这位老太婆开始，谷川先生用诗表现的他者，以及他作品的目标读者，一下子延展到男女老少所有人。与此同时，他开始对语言的探索、表现，以及诗形，也展开了无穷无尽的冒险。

1970年，在月刊《母亲之友》（福音馆书店）上开始连载《我的语言游戏》。谷川先生只用平假名创作的诗，在本质上包含着这样的主张：不想以汉字的意义性，而是以平假名声音的力量恢复日本人的生活感，恢复现代诗所失去的音韵性。但是我觉得，在另一方面，这里还包含着给包括他七岁和十岁的两个孩子在内的孩子们送上快乐诗歌的愿望。从此，谷川先生把平假名诗作为与现代诗同等重要的诗的种类，精力充沛地同时进行创作。为了让大家了解这种并行状态，将他主要的诗集按照时间顺序抄录如下：

《语言游戏之歌》（福音馆书店，1973年）、《深夜，我想在厨房和你搭话》（青土社，1975年）、《定义》（思潮社，1975年）、《鹅妈妈童谣》（翻译，草思社，1975～1977年）、《可口可乐课程》（思潮社，1980年）、《语言游戏之歌 续集》（福音馆书店，1981年）、《童谣》（集英社，1981年）、《童谣 续集》（集英社，1982年）、《倾耳静听》（福音馆书店，1982年）、《日子的地图》(集英社，1982年)、《震惊》(理论社，1983年)、《对诗1981.12.24—1983.3.7》(书肆山田，1983年)、《日本语目录》(思潮社，1984年)、《无聊的歌》(青土社，1985年)、《一年级学生》(小学馆，1988年)……

仅从这十五年的作品中就能知道，他的现代诗风格的诗集中，诗的脸正如人们所说的那样，像变色龙一样变化着。他的平假名诗也有很多种，真是无法解说这种变幻自如的人啊。那么，在此我想稍加一些注解。《语言游戏之歌》中的《河童》一诗中，三岁的孩子仅仅听到声音就笑了起来。要知道，谷川先生的每首诗的一半魅力都在于它的音乐性。《定义》是一首试图用散文无比正确地定义世界的诗，这是一种冒失的尝试，当然这个作品也成了一首出乎意料的、充满奇趣的现代诗。《可口可乐课程》中的《何处 第2首 交媾》，是将诗人想要与自然融为一体的性爱心情，描写成性交行为的作品。之后的《看什么都像女阴》(《夜晚的米老鼠》)也如此。顺便要说的是，谷川先生在《大便》《屁》《吃》等儿童诗中经常歌颂孩子与大自然的一体感。因为这就是孩子们活着的感觉。《对诗》是与连诗对抗，和正津勉(诗人，1945年～)交换诗歌创作出来的诗集。《日本语目录》的标题诗，收集了在街头巷尾拾起的采访、法律、广告文的片断，并不是诗人创作的作品。《鹅妈妈童谣》是用平假名翻译英国童谣的作品（同年获得日本翻译文化奖）。《童谣》是日本的原创童谣。《震惊》不是语言游戏，是第一部面向孩子的诗集，描写了当下孩子的心情和日常生活。《无聊的歌》是一首与爱德华·里亚对抗的滑稽诗，谷川先生的真实面貌在这里出现，相当可怕。

现在该回到谷川先生的生活了。1960年前后，他艰苦的生活逐渐有了好转，1975年翻译的《鹅妈妈童谣》成为畅销书，从而彻底解决了他的生活困难。诗歌方面，他也继续写着话题诗作，创作很顺利。然而他的家庭却并非如此。从1975年左右开始看护母亲，这一状况无疑给照顾家庭的妻子增加了负担，夫妻之间由此产生了隔阂。母亲变成植物人，于1979年住院。进入20世纪80年代，他和妻子处于半分居状态。母亲于1984年去世。父亲于1989年去世。同年，他与说好要白头偕老的知子离婚。

谷川先生和佐野洋子女士的交往，是从1984年开始的。当时佐野女士有个读小学的儿子，而且他离婚也尚未成立，所以他俩于1990年才结婚，在杉并区的谷川先生家中一起生活。生活虽然有紧张感，但是他们过得很幸福。谷川先生说，他在与自己个性截然不同的佐野女士那里受到很大影响。他俩有几部共同的作品。最初的成果，应该是《裸体》（佐野洋子绘，筑摩书房，1988年）。谷川先生说，从结果来看，这种诗的文体是从佐野女士那里偷来的。从《再见》开始的诗中，出现了孩子内心的黑暗和谷川俊太郎这个人可怕的一面。这部诗集令我惊讶，佐野女士的水墨插画中，自由奔放的笔尖总是充满了力量。《致女人》（佐野洋子绘，杂志屋，1991年）中，洋溢着两个人的恩爱，他俩齐心协力，把爱从未生以前到后世的一切，用诗和画写满了一部书，淋漓尽致地展示着彼此的技巧，虚构了"未生"和"后世"这不可能存在的时空，创作成了上乘之作。我拿到这本书的时候，有点难过：男女之爱，要是达到了这样的顶峰期，之后会不会就只能顺路而下了呢。接下来的作品就是《富士山和太阳》（佐野洋子绘，童话屋，1994年）、《两个夏天》（与佐野洋子合著，光文社，1995年），但书籍的力量逐渐在变弱。正如我在前一章中所写的那样，在这时我去北轻井泽见到了他俩。

没过多久，谷川先生就不怎么写诗了。

他并不是完全没有创作，但所谓停笔期一般被称为"沉默的十年"。尽量保持不写作的时间，其实也就是四年左右。《克利的天使》（讲谈社，2000年）中，讲谈社给他送来了大量的天使写生画，这与他当时的痛苦心情不知不觉地重叠在了一起。尤其是在《现世的最后一步》等作品中，反映了我在秩父看到的那位少年悲哀的感情。

在《minimal》（思潮社，2002年）中，谷川先生已经回归诗的世界。1996年以来，他与儿子和钢琴家谷川贤作主持的乐队DiVa，通过诗歌朗读，持续与听众对话，活动十分活跃。此后的诗集，无论哪一部中，大多都以柔和的语言与大自然和读者对话的诗居多。诗集《minimal》里的诗作，语言极短，没有任何多余的词语，成为读者可以自由消遣的诗形。《泥土》等诗中，幼儿性已经回归，衰老在丰富地活着。《喜欢》是一部面向孩子的最好诗集。尤其是《奶奶和广子》这首关于死亡的诗，非常明亮，他以前没能写出"OK"这样过猛的话。诗集《我》感动了我。在《自我介绍》和《再见》中，漫不经心地设置着极致的衰老之轻。读着他第一次听着音乐写下的《哭泣的你》,我哭了。在《孩子们的遗言》中,孩子们的心和成年人强大的语言技巧相互配合着。《特隆姆瑟拼贴图》让我惊愕,他佯装不知地使用之前一直否定的故事情节这一容器,创作了不可思议的叙事长诗。他虽然年近八十,但每首诗都自然而然,每首诗都极富挑战性。

三、工作的种种

谷川先生十岁的时候,有一天清晨醒得早,他走出院子,看到太阳从斜对面人家用地拐角处的一棵大洋槐那边冉冉升起,于是被巨大的惊讶之情所打动,一直站在那里。谷川先生说:"那应该是我心中产生一种诗意的瞬间吧。"到了十六岁,他开始写诗。透明的语言不知从哪里浮现出来,如同工程配套元件一样把它们链接起来,就形成类似世界小模型的东西,出现了意想不到的深邃世界。他迷上了在笔记本上写诗。十岁时无法用语言表达的诗性体验与十六岁时对诗歌语言的发现重叠在一起就能写诗了。谷川先生这样的诗歌语言,震撼了许许多多沉睡在所有生活者内心深处的诗性体验，使只属于他们自己的诗意得以复活。

随着成长，他也开始涉足诗以外的工作，但我认为两种力量在他那里都发挥着作用，维持了这位诗人的工作质量。反过来说，诗以外的工作也拓展了他诗歌的领域。下面，我列举一些谷川先生的诗歌和超出诗歌的丰富多彩的工作。

首先，他不仅有着很广泛的读者，诗歌种类的多样性也实在了不起。一般来说，多数诗人往往是维持着自己诗歌的个性，使之发展下去。但是谷川先生说，写下一种诗，自己会马上厌倦，便走向另一种诗。只要看一下这部书的目录，这也就一目了然了。到20世纪60年代，取材于自己生活的诗居多。但是20世纪70年代以后，就并行创作了风格各不相同的四种诗。这些诗主要集中在想用正确的散文来定义世界上各种事物的《定义》（1975年）、用接近日常会话的语言写下自己周遭的《深夜，我想在厨房和你搭话》（1975年）、尽情发挥音韵性的《语言游戏之歌》（1973年）、试图用声音表达以平假名写下的自己感觉的长诗《倾耳静听》（1982年）这四本诗集中。对普通诗人而言，这是不可能做到的事情。他也曾经说过，总觉得某种语言音调一样的东西进入了我的身体，不知不觉间走向新的诗。这位对诗形多情的诗人，做到了同时活用四种诗的音调。他对语言和诗形勇敢的好奇心和过于旺盛的开拓心，令人惊讶。

从1960年左右，他开始创作儿歌和校歌歌词。虽然这是为了生活，但是他渐渐被面向孩子的工作所吸引，开拓了各种各样的领域。谷川先生认真诚实地参与以孩子为对象的工作，让人感受到他对孩子们的特别感情。1969年，他从翻译《小黑鱼》（李欧·李奥尼作品）开始进入绘本创作，之后也精力旺盛地翻译了各种绘本。从《杯子》（福音馆书店，1972年）起，开始了认知性绘本的创作。在他好几部原创绘本中，无论如何，我都觉得《洞》（和田诚绘，福音馆书店，1976年）是最高杰作。至此，孩子们有机会被超越语言和绘画的诗意体验所包围。在此也举例说说他写《日本语》（与安野光雅、大冈信、松居直合著，福音馆书店，1979年）的尝试，这是一部不以文部省学习指导要领为基准，为小学一年级学生而编写的国语教科书，面向六岁的生活者，他一个人拼命地写下了正文，这是一篇非常精彩的文章。

关于谷川先生的平假名诗，在此特别说明一下。我为这位优秀的现代诗人曾经构思了令孩子们着迷的语言游戏和歌曲，并写出《语言游戏之歌》（1973 年）、《童谣》（1981 年）等新颖作品的奇才而惊讶。《倾耳静听》（1982 年）、《震惊》（1983 年）、《一年级学生》（1988 年）、《富士山和太阳》（1994 年）、《喜欢》（2006 年）等描写孩子的诗集也都成为孩子们巨大的财富。还有，滑稽诗《无聊的歌》（1985 年）和描写孩子内心深处黑暗的《裸体》（1988 年），都是别人无法创作的文字。我认为，他的平假名诗的丰硕成果是现代诗的一大展现。这是因为，时而能够返回三岁的谷川先生的幼稚性与老练的诗歌技巧共存于他的身体里。

我还是想推荐一下他收集了广告文和日常用语引用的诗《日本语目录》（《日本语目录》，1984 年）。这并不是诗人写下的作品，而是汇集了那些随处可见的生活者们每天在生活最前线聊天、阅读、日常使用的语言，我的心被那些浅近的语言新鲜度之好、营养价值之高所吸引。不是只有知识分子诗人才会创作诗歌哟——谷川先生这种别扭劲儿十分有趣。我从中感受到他对普通人的热情，并产生了强烈的共鸣。

我喜欢谷川先生重新写诗的 2000 年以后的新诗。即使不用文字来读，仅听朗读也可以知道，他用易懂的语言和细腻优美的节奏叙述的诗在增多。就主题来说，增多了涉及衰老和死亡的内容。这是因为心情变得自由了吧。在日常生活方式中感受到自由的诗多了，幽默、自然性和深度增加了。诗的数量完全恢复到原来的状态，创作多产，因此读者可以选择各种风格的诗。按照诗的长短而言，既有像《minimal》这样的极短诗，也有收录在《特隆姆瑟拼贴图》中的长诗，因此读者可以自由选择。既有《夏加尔和树叶》（《夏加尔和树叶》）、《哭泣的你》（《我》）、《触及灵魂》（《诗的书》）等非常美丽的爱情诗，也有《奶奶和广子》（《喜欢》）、《再见》（《我》）、《临死船》（《特隆姆瑟拼贴图》）等关于快乐死亡的诗。

最后，我想揭示自己不断阅读谷川先生的诗的时候，得出的非他莫属的两个特征。首先，关于出处不明的诗。其中有谷川先生自己都不知道语言是从哪里来的诗，只能说，就这样写出来了。但是，谷川先生做了这样的自我评价：这种自然而然地产生的诗不是最好的诗吗？比如说《悲哀》(《二十亿光年的孤独》)、《草坪》(《深夜，我想在厨房和你搭话》)、《再见》(《裸体》)等等。其他，还有好几首。虽然也许有人无法理解，但真正读了这些诗之后，它们都会有让人赞赏的一面，是不是有一种被某个东西所牵引的诗呢？其次，是令人不快或恐怖的诗。比如，《草坪》(《深夜，我想在厨房和你搭话》)、《何处　第2首　交媾》(《可口可乐课程》)、《每当蒲公英盛开时》(《无聊的歌》)、《多谢款待》(《孩子的肖像》)等等。还有很多这样的诗，如果读了，会有很多人感觉到异样的气氛。然而，能够写出这种气氛，正是谷川先生的人性的不可思议之处吧，也是他独有的天赋的感受性吧。或许，这两种特征重叠在一起，构成了谷川先生诗歌魅力的根基。不，不只是这两个特征。无论在哪首诗的背景里，都有变幻自由的语言的音乐性，也使读者的内心轻轻发着痒，仿佛在他诗歌魅力的根基中成为一种豁达自由。

最后的最后，我想陈述一下谷川先生最近的工作情况。2010年，他发售了将文字印刷在显微镜标本上用显微镜阅读的诗。2011年，在"狩猎诗歌iPhone App'谷川'"上发表了诗歌游戏的计划，探索了新的诗歌媒体的可能性。从2012年，也就是现在，每月用信笺向读者发送"谷川俊太郎的诗邮件"（七六社）。我不知道，这是游戏，是艺术，还是工作。他只是在头脑灵活地为尚未尝试的创意而行动着。为了朗读和对谈，他到处积极活动，至少，他是一位不知道自己会老成到不可爱的诗人。

四、关于这部诗集

关于本书的选诗宗旨，谷川先生在《前言》中，已经坦率地叙述了。他说，我不想把它做成和以前的文库版诗选一样的书。无论怎么说，诗选重复出版几次，内容就会容易相似。如果是这样的话，就用自己六十多年锻炼的诗的眼睛来重新选一选——他的这个意愿很明确。而且，用诗的眼睛选，选择时就没有困惑，选诗以谷川先生独有的速度感完成。

"有些作品虽然没怎么得到世人的评价，但是我自己喜欢。与此相反，有些作品虽然被收入教科书，但其中也有我不甚满意的地方。自选的时候，相较于关注自我，我是把更多目光投向了读者。"这果然是谷川先生说的话。谷川先生不会为一群人而写诗。他希望在自己的孤独深处培育出来的珍贵语言，一定要抵达某个地方的某个人的心里。希望在那个人的孤独中，自己的诗的语言能打动那个人的心，成为喜悦、快乐、发现的种子，带来丰富的诗歌收获。培养诗的，是孤独的读者。在这个意义上，谷川先生的诗并不是表现自我的作品，而是像连结人们心灵的小小的桥梁。谷川先生虽然按照自己的标准来选诗，但他却不断地在视线的前方寻觅未知读者的面孔。

他接着写道："对我来说，必不可少的是需要一种介于作者和读者之间的编辑的冷静目光。"这也许意味着，委托他所信赖的编辑的目光，去照料呵护被他称为代表作的诗和许多读者视之瑰宝的诗。当然，那些是适合他自己目光的作品。超脱的诗人对读者是温柔的。

说起自选集，这是自1968年编纂的《谷川俊太郎诗集》（角川文库）以来的第一部。那时，只需从十一本诗集中选一百九十一首，所以并不难。过了近半个世纪，收入六十多部诗集中的诗歌数量已经膨胀到二千几百首，要从这些作品中，一口气选一百七十三首，为此谷川先生独特的、可谓对诗歌质量的直觉的复杂的判断力起到了作用。我想，这可以说是他第一个真正的自选集。毫无疑问，这本自选集作为谷川先生的名诗选，将作为他最重要的诗集留在世上。

但是，读者的欲望很深。这样写着解说，我在想，依然还有很多我希望能够收入本书的诗。谷川先生的诗，横跨各种各样的类型，充满各种各样诗之欢乐的作品数不胜数。希望大家一定要以这本诗集为起点，前往谷川先生那广阔的诗歌海洋，然后每个人都能编选出属于自己的、富有个性的、奢侈的一大部名诗选。

山田馨

2012 年 11 月

谷川俊太郎年表
1931—2012

记载了诗人每一年简单的消息。

书名、作品名，仅限于主要书籍和作品。

● 诗集

△ 单行本（包括非自己诗作的编著书籍）

▲ 绘本、童话等（包括翻译）

（年表作者山田馨）

1931年　0岁

12月15日，通过剖腹产出生于东京庆应医院。是哲学家父亲谷川彻三与母亲多喜子的独生子。

1932年　0~1岁

从这一年开始，在北轻井泽别墅度过夏天的时光。

1936年　4~5岁

入圣心学园——位于高元寺的教会学校。对裁决上天堂还是下地狱的善恶图，有着刻骨铭心的记忆。

1938年　6~7岁

入杉并第二小学。数次担任班长，但对学校生活没有快乐的记忆。跟音乐学校出身的母亲学钢琴。喜欢制作模型飞机、摆弄矿石收音机等机械。

1940年　8~9岁

三年级的时候，有生以来头一次被同班男生左右开弓打嘴巴。讨厌被不想与之牵手的孩子牵手。当时，在连自己都没有察觉的情况下，产生了无法与自尊心区别的很强的精英意识。从母亲的角度来看，无疑是一个傲慢得非常让人担心的孩子。

1942年　10~11岁

4月，第一次听到空袭警报。家周围有一片供飞机起降的田地，那是一片有花草、果实和竹子可以玩耍，有蝌蚪和青鳉鱼可以捕捉的大自然。从这一年至战败的1945年，夏天未能去北轻井泽。

1944年　12~13岁

入都立丰多摩中学（原府立第十三中学）。帽子上的徽章由原来的金属制变成了瓷制。身穿单薄的土黄色人造棉制服，打上绑腿。

1945年　13~14岁

空袭越来越激烈，5月发生东京山手大空袭。与朋友骑自行车去附近的火灾废墟，目睹了被烧焦的尸体。7月，与母亲一起疏散到母亲的娘家京都府久世郡淀町。9月，转入京都府立桃山中学。

1946年　14~15岁

3月，回到东京杉并的家中，在丰多摩中学（后来的都立丰多摩高中）复学。深深被贝多芬的音乐感动并开始迷恋。

1948年　16~17岁

受到同班同学北川幸比古的影响，开始写诗。4月，在校友会杂志《丰多摩》上发表四首诗：《青蛙》《燕子》《在教室》《某种东西》。11月，在《金平糖》（北川编的油印诗刊）上发表两首八行诗：《钥匙》和《由白向黑》。

1949年　17~18岁

从10月12日开始在笔记本上写诗。那一天写的诗是《云》和《日子》。

1950年　18~19岁

厌学情绪越来越激烈，屡次反抗老师。成绩下降，转到定时制学校后，好不容易毕业。违背父亲的意图，完全丧失上大学的意愿。7月，三本笔记由父亲交给诗人三好达治。后由三好达治推荐，在《文学界》12月号上发表《尼禄（外五首）》(《尼禄——致心爱的小狗》《地球在恶劣的日子》《演奏》《医院》《博物馆》《二十亿光年的孤独》)。夏天，邀请北川幸比古等同辈朋友到北轻井泽的家中。诗作与茨木则子、友竹辰的作品一起发表在诗刊《诗学》9月号投稿栏。其中，还有保富康午的诗，收到他的信后，开始与其交往。

1951年　19~20岁
2月，《山庄消息1·2·3》发表在《诗学》推荐诗人栏。

1952年　20~21岁
● 《二十亿光年的孤独》（创元社）

6月，处女诗集《二十亿光年的孤独》出版。夏天，开始与青梅竹马岸田衿子交往。由读过《二十亿光年的孤独》的作曲家汤浅谦二和佐藤庆次郎、福岛和夫等人介绍，认识了正在庆应医院住院的作曲家武满彻。

1953年　21~22岁
● 《六十二首十四行诗》（创元社）

从家里搬出来，在东京北区田端开始独身生活。住处离岸田衿子居住的谷中很近，而且诗人保富康午也住在附近，所以跟他们交往密切。7月，应川崎洋、茨木则子的邀请，成为诗歌刊物《櫂》的同仁。12月，第二部诗集《六十二首十四行诗》出版。这是从1952年4月至1953年8月之间创作的约一百首十四行诗中选出的六十二首。

1954年　22~23岁

6月，与诗人鲇川信夫一起给《文章俱乐部》选评诗歌作品，持续至1956年1月。10月4日，与岸田衿子结婚，居住在台东区谷中初音町3-33号的岸田家房子。新居成为《櫂》同仁合适聚集的场所，他们在这里热烈地讨论过诗剧等话题。

1955年　23~24岁

● 《关于爱》（东京创元社）

6月，大久保知子在文学座表演独角剧《大栗子树》（谷川俊太郎编剧、导演）。为了逃避婚姻生活，数日投宿于当时在大阪千里山的保富康午家。与岸田分居，迁居西大久保只有四张半榻榻米大的小房子。在早稻田大学"绿的诗歌节"上观看寺山修司戏曲第一部作品《失去的领域》，备受感动。去探望因肾硬化住院中的寺山修司，与他成为好友。开始写广播剧。

1956年　24~25岁
● 《绘本》（的场书房）
9月，摄影作品配诗的诗集《绘本》由朋友北川幸比古创立的的场书房出版并销售。这是一部搭配自己的摄影作品，和北川夫妇一起制作的有手工感的书。10月，与岸田衿子离婚。到岸田治疗肺病的富士见高原疗养院，在离婚申请书上盖章。是年，取得盼望已久的驾驶执照。

1957年　25~26岁
● 《櫂诗剧作品集》（共著，的场书房）
△ 《爱的思索》（实业之日本社）
与大久保知子结婚。租住东京港区青山崖下四张半榻榻米的两间房子。屋外，停放着流当雪铁龙2CV。9月，第一部随笔集《爱的思索》出版。《櫂》同仁作品加上寺山修司作品的《櫂诗剧作品集》出版。

1958年　26~27岁

● 《谷川俊太郎诗集》（跋由长谷川四郎撰写，东京创元社）

5月，《谷川俊太郎诗集》出版。9月，在杉并的父亲租地一个角落，新筑一栋约60平方米的小房（由筱原一男设计）。这是一栋没有正门的独特房子。

1959年　27~28岁

△《走向世界！》（评论集，弘文堂）

8月，参加由《三田文学》主办的学术研讨会——"发言"。此次"发言"被称为他与浅利庆太、石原慎太郎、大江健三郎、武满彻、羽仁进等日本"愤怒的青年"的发言。

1960年　28~29岁

● 《致你》（东京创元社）

长子贤作出生。写三幕喜剧《散场》（由剧团四季演出）。经常在统计纸上写入约稿订单的内容和截止日期，写完一部分就擦掉一部分。为生活相当劳累。从这个时期开始写儿歌和校歌歌词。

1962 年　30~31 岁

● 《21》（思潮社）

△ 《亚当与夏娃的对话》（随笔集，实业之日本社）

从 1 月开始在《周刊朝日》上连载时事讽刺诗，持续到 1963 年 12 月。9 月，第一部现代诗风格的诗集《21》出版。12 月，以《月火水木金土日之歌》获得唱片大奖歌词奖。

1963 年　31~32 岁

长女志野出生。2 月，前往巴西里约热内卢观赏狂欢节。

1964 年　32~33 岁

● 《诙谐诗九十九首》（朝日新闻社）

作为编剧之一参加东京奥运会纪录片制作。在开幕式上，还把摄像头投向了现场。

1965 年　33~34 岁

● 《谷川俊太郎诗集》（全诗集版，思潮社）、《日本语学习　歌之书》（长新太绘、寺岛尚彦等作曲，理论社）

▲《接尾令》（和田诚绘）、《贤满不在乎》（和田诚绘，茜书房）

1月，私家版绘本《接尾令》出版。还有，将长子贤作名字里的"贤"字写入标题的第一部童话《贤满不在乎》出版，这成为以儿童为读者的出版之开端。结合《日本语学习》，正式启动了面向儿童的工作。11月，在《现代诗手帖》上开始连载系列组诗《鸟羽》。

1966年 34～35岁

7月，作为日本学会研究员，与夫人一起赴西欧、美国做长达九个月的访问旅行。在巴黎回顾展上第一次看到维米尔的画作，深受感动。在费城，观看了怀斯的作品。是年冬天，在纽约数次举办自己的作品朗诵会，对用声音叙述诗歌产生了浓厚的兴趣。

1967年 35～36岁

△《花的规矩》（微型小说集，理论社）

4月，结束国外旅行回国。看到这一年出版的绘本《小蓝和小黄》（李欧·李奥尼著·绘、藤田圭雄译，至光社）之后，绘本观念迅速得到了扩展。开始思考创作非故事性而且适合自己的绘本。

1968年　36~37岁
● 《谷川俊太郎诗集　日本诗人17》（河出书房）、《旅》（诗画集，香月泰男画，求龙堂）、《谷川俊太郎诗集》（解说由大冈信撰写，角川文库）
△《爱的诗集》（编著，河出书房）
1月，在东京"日剧"观看Group Sounds[1]的《新春西部音乐嘉年华》。虽然没能听懂歌词，但是感动于歌者与听者完美的交流。

1969年　37~38岁
● 《谷川俊太郎诗集　现代诗文库27》（思潮社）
▲《小黑鱼》（李欧·李奥尼著、谷川译，好学社）、《世界上最大的房子》（同上）、《田鼠阿佛》（同上）、《志野在四下张望》（和田诚画，茜书房）、《花生漫画》（查尔斯.M.舒尔茨著，与鹤书房、新口孝雄、德重明美共译，1969年11月~1971年）

---

[1] 20世纪60年代的日本摇滚乐队。

4月，李欧·李奥尼著《小黑鱼》《世界上最大的房子》《田鼠阿佛》同时出版，开始翻译绘本。将长女志野的名字写入标题的童话《志野在四下张望》出版。开始翻译《花生漫画》。

1970年　38~39岁
4月，应邀参加美国国会图书馆主办的国际诗歌节。从10月开始，在福音馆月刊杂志《母亲之友》上连载《我的语言游戏》（至1972年3月）。由此开始真正尝试平假名诗歌的创作。

1971年　39~40岁
● 《俯首青年》（山梨丝绸中心出版部）
▲ 《圆圆国王》（粟津洁绘，福音馆书店）、《哇哈哇哈嗨探险记》（和田诚绘，讲谈社）。
自3月至5月，应美国学院诗歌学会邀请，与田村隆一、片桐谦等人一起赴美国各地做诗歌朗诵旅行。7月，与家人赴欧洲旅行。12月，与《櫂》同人一起开始连诗创作。

1972年　40～41岁

● 《谷川俊太郎诗集 日本诗集17》（角川书店）
△ 《散文》（随笔集，晶文社）
▲ 《杯子》（今村昌昭摄影、日下弘AD，福音馆书店）、《语言的绘本》（全三卷，堀内诚一绘，光之国社）
2月，第一部原创绘本《杯子》出版。8月至9月，赴德国观看慕尼黑奥运会，11月参加纪录片《时间哟停下来，你是美丽的》的剧本执笔（撰写市川昆导演的部分）。

1973年　41～42岁

● 《语言游戏之歌》（濑川康男绘，福音馆书店）
▲ 《时》（太田大八绘，福音馆书店）
参加电影《徒步之旅》（市川昆导演）的剧本执笔。制作酝酿很久的以时间为主题的原创绘本《时》。《尤里卡》（青土社）临时增刊《谷川俊太郎与他的世界》（担任编辑）出版。

1974年　42～43岁

● 《小鸟在天空消失的日子》（三丽鸥出版）、《一个人

的房间》(涩谷育由绘,千趣会)

△《对谈》(与父亲谷川彻三等十四个人的对谈集,昴书房盛光社)

▲《我从哪里来?》(彼得·梅尔文、亚瑟·罗宾斯绘,谷川译,河出书房新社)

考虑到将来的移居,在北轻井泽的别墅内新筑房子(与自宅相同,由筱原一男设计)。但是,由于父母和伯母的护理等问题,移居未能实现。

1975年 43~44岁

●《定义》(思潮社)、《深夜,我想在厨房和你搭话》(青土社)

△《诗的诞生》(与大冈信对谈,埃索·标准石油公司宣传部)、《谷川俊太郎33个质问》(对谈集,出帆社)

▲《鹅妈妈童谣》(全五卷别册一,堀内诚一绘、谷川译,草思社,1975~1977年)、《亚历山大和发条老鼠》(李欧·李奥尼著、谷川译,好学社)

6月,第一部英译诗集 *WITH SILENCE MY COMPANION*(W·I·艾略特、川村和夫译)由 Prescott Street Press 出版。平行创作并同时出版《定义》和《深夜,我想在厨房和你搭话》这两组写法完全不相同的诗，想以此来了解对两种不同创作方式的诗歌的评价。《鹅妈妈童谣1·2·3》的译文，获得日本翻译文化奖。

1976年　44~45岁
● 《谁也不知道》（国土社）
▲ 《我》（长新太绘，福音馆书店）、《洞》（和田诚绘，福音馆书店）、《伯宁罕小小的绘本》（全八卷，约翰·伯宁罕著、谷川译，冨山房）、《奇特的小提琴》（昆汀·布莱克著、谷川译，岩波书店）
2月，与小室等人一起制作LP《现在活着》。2月出版《我》，11月出版《洞》，显示出对原创绘本的热情。

1977年　45~46岁
● 《由利之歌》（长新太、山口晴美、大桥步绘，昂书房）、《新选谷川俊太郎诗集　新选现代诗文库104》（思潮社）
△ 《三三五五》（随笔集，花神社）、《批评的生理》（与大冈信对谈，埃索·标准石油公司宣传部）
▲ 《冒啊冒啊冒啊》（元永定正绘，文研出版）

6月，参加鹿特丹"诗歌·国际77"。诗歌节后，与旅居巴黎的堀内诚一以及画家安野光雅一起，三人到诺曼底地区自驾游。与波濑满子等人一起参加"语言游戏会"的成立。

1978年　46～47岁
● 《塔拉玛伊卡伪书残篇》（书肆山田）、《质问集　草子8》（书肆山田）
▲《世界广阔》（和田诚绘，茜书房）、《阿伊吾额奥海狗》（白根美代子绘，四处书房）
4月，长女志野赴美留学。为富士电视台节目《卢浮宫美术馆》写剧本。

1979年　47～48岁
● 《谷川俊太郎诗集　续集》（思潮社）、《櫂·连诗》（与《櫂》同仁共著，思潮社）、《除此之外》（集英社）
△《灵魂不需要手术刀——荣格心理学讲义》（与河合隼雄对谈，朝日出版社）、《谷川俊太郎以及其他》（随笔集，大和书房）、《日本语》（共著，福音馆书店）
▲《这是跳蚤匹克》（和田诚绘，三利德）、《你该怎么

说？》（塞斯利·乔斯林文、莫里斯·桑达克绘、谷川译，岩波书店）

3月，与河合隼雄的对谈《灵魂不需要手术刀——荣格心理学讲义》出版。两个人开始于前一年对谈的信赖关系，之后越来越深。7月，母亲住院。母亲几乎进入植物人状态，因此看护问题给夫妇关系落下了阴影。11月，与安野光雅、大冈信、松居直共著的不按照文部省学习指导要领编写的小学一年级国语教科书《日本语》出版。

1980年　48～49岁

● 《向地球的野游》（长新太绘，教育出版中心）、《可口可乐课程》（思潮社）

△ 《谷川俊太郎"现代诗咨询室"》（谈话集，角川书店）、《暖炉架上的陈列品一览　日本谐趣诗1》（编著，长新太绘，书肆山田）

▲ 《宝介的小雏鸡》（梶山俊夫绘，银河社）

3月3日，在意大利驻日本大使馆主办的午餐会上与李欧·李奥尼会面。7月，在加利福尼亚拜访《史努比》的作者查尔斯·舒尔茨。自12月至1981年6月，《史努比全集》(角川书店)出版。

1981年 49~50岁

● 《语言游戏之歌 续集》(濑川康男绘,福音馆书店)、《童谣》(森村玲绘,集英社)

△ 《英文字母26讲》(微型小说集,出帆新社)、《祝婚歌》(编著,书肆山田)、《教我温柔》(对谈集,朝日出版社)、《自己心中的孩子》(对谈集,青土社)

3月,长子贤作结婚。4月,参加电视节目《卡拉扬与柏林爱乐乐团》的策划与制作。5月,《语言游戏之歌 续集》出版,10月,《童谣》出版。由住院中的母亲看护引起的问题,给夫妇之间带来了危机。

1982年 50~51岁

● 《童谣 续集》(森村玲绘,集英社)、《倾耳静听》(柳生弦一郎绘,福音馆书店)、《日子的地图》(集英社)

△ 《一切都会发光》(对谈集,青土社)、《SOLO》(摄影作品集,达格里奥出版)、《荒谬·目录》(与和田诚共著,大和书房)、《ONCE 1950—1959》(随笔集,出帆

新社)、《童谣 上》(日本童谣集,编著,堀内诚一绘,冨山房)

▲《娜奥米》(泽渡朔摄影,福音馆书店。当时作为《孩子之友310号》出版,2007年成为大型绘本)、《一个人》(三轮滋绘,巴伦舍)、《打仗游戏》(三轮滋绘,巴伦舍)、《老奶奶》(三轮滋绘,巴伦舍)、《双子之树》(姊崎一马摄影,书房"树")、《妖怪苹果》(为孩子创作的戏曲、雅诺什原著,新水社)、《另一个卖火柴的小女孩》(汤米·温格尔著、谷川译,集英社)

4月,摄影集《SOLO》出版。在画廊·渡举办摄影展,在会场播放拍摄病中母亲的影像作品 *Mozart, Mozart*!

1983年 51~52岁

●《震惊》(和田诚绘,理论社)、《谷川俊太郎 现代诗人9》(中央公论社)、《对诗1981.12.24—1983.3.7》(与正津勉共著,书肆山田)、《超人以及其他许多人》(桑原伸之绘,图像社)

△《童谣 下》(编著,堀内诚一绘,冨山房)

2月,前一年出版的诗集《日子的地图》获读卖文学奖。第一本以儿童为对象的诗集《震惊》出版。5月,寺山修司去世。曾为他介绍主治医师，并为他送终，读吊唁诗。6月，与寺山修司来往书信《影像·书信》制作完毕。与正津勉共著的《对谈》出版。7月，为演剧集团"圆"执笔《咚咚咚》的剧本并表演。

1984年 52~53岁

● 《信》（集英社）、《日本语目录》（思潮社）、《诗日历》（MADORA 出版）

△ 《在诗与世界之间》（与大冈信的来往书信，思潮社）、《入场费880日元含饮料》（与佐野洋子共著，白泉社）

▲ 《鹅妈妈童谣》（全四卷，谷川译、和田诚绘，讲谈社，1984~1985年）

2月，母亲去世。3月，与大冈信的来往书信《在诗与世界之间》出版。10月，赴美国各地做诗歌朗诵旅行。以继承与寺山来往书信《影像·书信》的形式，与楠胜则创办影像杂志《想象》。同年，与佐野洋子重逢。

1985年 53~54岁

● 《无聊的歌》（青土社）、《早晨的样子》（由北川透编

辑、解说，角川文库）

△《以语言为中心》（随笔集，草思社）、《现代诗入门》（与大冈信对谈集，中央公论社）、《走到"嗯"为止》（随笔集，草思社）

▲《在一支铅笔的另一边》（坂井信彦等摄影、堀内诚一绘，福音馆书店）、《老爷爷》（约翰·伯宁罕著、谷川译，HORUPU 出版）

4月，与堀内诚一一起负责创作由福音馆书店开创的学习绘本新系列《许多奇迹》第一册（《在一支铅笔的另一边》）。5月，《无聊的歌》出版，这部书11月获得现代诗花椿奖。8月，赴北欧旅行。11月，应纽约国际诗歌委员会邀请，与吉增刚造一起赴美做诗歌朗诵旅行。

1986年 54~55岁

3月，演剧集团"圆"公演《何时都是现在》。6月，与佐野洋子一起赴希腊旅行。9月，与父亲一起赴巴黎、阿姆斯特丹、巴塞罗那旅行。12月，*COCA-COLA LESSONS* 由 Prescott Street Press 出版。

1987年　55~56岁

△《谷川俊太郎对谈集Ⅰ》（冬芽社）

▲《图画文字》（堀内诚一绘，福音馆书店）

1月，自制影像制品 *NUHS·AV* 开始在市场上销售。3月，前一年出版的《何时都是现在》获齐田乔戏曲奖。12月，与谷川诗歌译者W·I·艾略特和川村和夫等人一起在纽约举办诗歌朗诵会。之后，在西柏林与大冈信等人参加连诗创作。在苏黎世参加诗歌朗诵会。

1988年　56~57岁

●《一年级学生》（和田诚绘，小学馆）、《谷川俊太郎读自己作品1·2·3》（草思社）、《裸体》（佐野洋子绘，筑摩书房）、《忧郁顺流而下》（思潮社、Prescott Street Press）

△《孩子们活着就等于语言在活着　诗的课程》（共著，国土社）

1月，《一年级学生》出版，11月，获小学馆文学奖。5月，演剧集团"圆"公演《匿名者》。从5月，由草思社出版盒式录音书籍《谷川俊太郎读自己作品》（第一册5月出版、第二册7月出版、第三册10月出版）。6

月，作为多年参加教师研究集训的成果，出版《孩子们活着就等于语言在活着　诗的课程》。7月，《裸体》出版，10月获野间儿童文艺奖。12月，《忧郁顺流而下》由思潮社和Prescott Street Press同时在日本和美国出版。

1989年　57~58岁

● 《法扎宁街的绳梯》（与大冈信等共著，附朗诵磁带，岩波书店）

△ 《"日本语"课程》（与竹内敏晴、河合隼雄、稻垣忠彦、佐藤学等共著，国土社）、《谷川俊太郎对谈集Ⅱ》（冬芽社）

3月，连诗《法扎宁街的绳梯》出版。9月，父亲去世。10月，与知子离婚。将实际课程录制成影像，由各领域专家相互评论的《系列课程》（岩波书店）研究会从这一年启动。在讨论中，作为曾经的不到校上课的儿童，对教师的现实状况和教育制度展开了严厉的批评。

1990年　58~59岁

● 《南瓜日历》（川原田彻绘，福音馆书店）、《灵魂最

美味的地方》（三丽鸥出版）

△《三角宇宙》（与吉本芭娜娜、高田宏的鼎谈集，青龙社）、《用声音欣赏美丽的日本诗》（与大冈信共编，分《和歌·俳句篇》《近现代诗篇》二卷，CD和册子合在一起的CD书，岩波书店）

▲《这是太阳》（大桥步绘，福音馆书店）、《谁？》（井上洋介绘，讲谈社）、《动物们的嘉年华》（广濑弦绘，评论社）

5月，与佐野洋子结婚。9月，应作家同盟邀请，与高良留美子等人一起赴俄罗斯、爱沙尼亚旅行。接着，赴法兰西、摩洛哥旅行。

1991年　59～60岁

●《解闷的神签》（与克里斯·莫斯德尔共著，青土社）、《致女人》（佐野洋子绘，杂志屋）、《关于赠诗》（集英社）

△《系列课程——实践的批评和创造》（全十一卷，稻垣忠彦、牛山荣世、河合隼雄等共同编辑。1991年6月～1993年4月，岩波书店）

▲《不撑伞的西兰先生》（与国际特赦组织共著，伊势

秀子绘，理论社)、《重要的事情都是猫咪教我的》(苏西·贝克著，谷川译，飞鸟新社)

3月，在杂志屋举办《致女人》发表朗诵会。3～4月，逗留在檀香山和纽约。6月，在国际比较文学学会参加连诗创作。10月，与白石和子等人一起在英格兰、威尔士、苏格兰各地举办朗诵会和连诗创作会。是年，《系列课程——实践的批评和创造》开始出版。

1992年　60～61岁

● 《二十亿光年的孤独》(增补新版，三丽鸥出版)

3月，前一年出版的《致女人》获丸山纪念现代诗奖。6月，参加鹿特丹国际诗歌节。9月，参加都柏林朗诵会。之后，赴法国南部旅行。

1992年　61～62岁

● 《这就是我的温柔　谷川俊太郎诗集》(集英社文库)、《十八岁》(泽野均绘，东京书籍)、《孩子的肖像》(百濑恒彦摄影，纪伊国屋书店)、《不知世故》(思潮社)、《续续集·谷川俊太郎诗集　现代诗文库109》(思潮社)

△ 《能·狂言》(古典的现代语翻译，与别役实共著，

讲谈社)、《这是一支书写看不见的东西的铅笔》(与楠胜则共著,电影艺术社)、《罗伯特·布莱诗集》(与金关寿夫共译,思潮社)

3月,参加耶路撒冷国际诗歌节。4月,在伦敦参加诗歌朗诵会。5月,出版《不知世故》(思潮社),10月,以这部诗集获第一届萩原朔太郎奖。6月,作为苏黎世日本节的一环节与大冈信和瑞士诗人们一起创作连诗。与佐佐木干郎等一起参加法国瓦勒·德·马恩国际美术双年展。

1994年　62~63岁

● 《富士山和太阳》(佐野洋子绘,童话屋)

△ 《母亲的情书　谷川彻三·多喜子书信》(编著,新潮社)

▲ 《一个星期一的早上》(尤里·舒利瓦茨著,谷川译,德间书店)

6月,赴巴厘岛旅行。9月,赴尼泊尔观光旅游。10月,参加多伦多国际作家节。

1995年　63~64岁

● 《听莫扎特的人》(单独出售附自己作品朗诵CD的套书，小学馆)、《旅》(增补新版，附收入W·I·艾略特、川村和夫的英语译文，与吉增刚造的对谈等的别册，思潮社)、《TRAVELER／日子　由五个主题组成的互译尝试》(与W·I·艾略特、川村和夫共著，午夜新闻社)、《与其说是雪白》(集英社)、《克利的绘本》(保罗·克利绘，讲谈社)

△《两个夏天》(与佐野洋子共著，光文社)

▲《寇特尼》(约翰·伯宁罕著、谷川译，HORUPU出版)、《虹色鱼》(马克斯·菲斯特著、谷川译，讲谈社)

1~5月，在前桥文学馆举办"谷川俊太郎展"。5月，第一次访问户隐，之后加深了与当地人的交流。11月，为了看望女儿志野，去洛杉矶观光旅游。从此次旅行开始，用电子打字机写日记。

1996年　64~65岁

● 《温柔不是爱》(荒木经惟摄影，幻冬舍)

△《日本语与日本人的心》(与大江健三郎、河合隼雄共著，岩波书店)、《阿拉马、阿伊吾额奥!》(与波濑

满子共著，太郎次郎社）、《北方时间》（对谈集，友田多喜雄编，响文社）

▲《花生漫画》（全十五卷，查尔斯·舒尔茨著、谷川译，4～10月出版，讲谈社）、《安静而热闹的书》（玛格丽特·怀兹·布朗著、雷欧纳德·威斯伽德绘、谷川译，童话馆出版）

1月，获朝日奖。2月，挚友武满彻去世。与长子贤作的乐队DiVa演奏·歌唱活动一同举行诗歌朗诵。以后，与DiVa一起继续积极举办朗诵活动。贯彻了尽量不写诗的方针。7月，与佐野洋子离婚。金关寿夫去世。8月，访问秩父，帮助朋友修复和修建他租借的木屋。12月，在加德满都与佐佐木干郎一起和当地诗人举行朗诵会。

1997年　65～66岁

△《有这样的教科书？》（与齐藤次郎、佐藤学共著，岩波书店）、《新枕边色情圣歌》（克里斯·莫斯德尔诗，与寺田理荣共译，书馆）、《树是了不起的——英国儿童诗集》（与川崎洋共同编译，岩波少年文库）、《母牛的幽灵The ghost of a cow》（翻译并编辑金关寿夫悄悄写下来的英语诗，与"游牧人"共译，思潮社）

▲《伊吕波歌》（和田诚绘，伊索社）

2月，去京都参观河合隼雄在鸟丸新建的研究所。6月，河合隼雄到长瀞来住宿木屋，两个人一起在荒川河畔举办小型音乐会。9～10月，与DiVa一起，赴九州、关西、北海道做音乐会旅行。

1998年 66～67岁

●《谷川俊太郎诗集》（由音缔正一编辑、解说，春树文库）

▲《夜晚的幼稚园》（中辻悦子绘、摄影，福音馆书店）

3月，与DiVa一起赴美国东海岸做音乐会之旅和录制。5月，参加悉尼作家节。10月，到上海、苏州、北京旅游。11月，参加伦敦国际诗歌节、阿尔达巴拉诗歌节。以英语版诗选获英国Sasakawa财团翻译奖。10月，在拳击台上朗诵自作诗和即兴诗的"诗之拳击"比赛中，打败第一届冠军音缔正一，成为第二届冠军。

1999年 67～68岁

●《大家都温和》（广濑弦绘，大日本图书）

7月，第一次赴印度旅行。感慨于那里的人们的自然状态。9月,在田原的陪同下,巡回沈阳、北京、重庆、昆明、上海等中国城市,与当地诗人们进行交流,为日中现代诗交流效劳。10月,与河合隼雄和钢琴家河野美砂子一起,在户隐举办第一届"谈话和朗诵和音乐晚会",这成为每年让人们期待的活动,连续举办八届,至河合病倒的2006年。

2000年 68~69岁

● 《克利的天使》(讲谈社)、《CD-ROM 谷川俊太郎全诗集》(岩波书店)

△ 《家庭走向哪里》(与河合隼雄、山田太一的鼎谈集,岩波书店)

▲ 《这样一来》(柚木沙弥郎绘,福音馆书店)

5月,以丹麦语诗选的出版为契机,在哥本哈根举行诗歌朗诵。在日德兰半岛一个叫施克堡的小镇观看译者苏珊娜父亲的画作。参加马恩河谷国际诗歌节。10月,《CD-ROM 谷川俊太郎全诗集》出版。《克利的天使》出版。与大冈信、高桥顺子等一起参加在鹿特丹举办的日荷连诗发表会。

2001年　69～70岁

△《向着灵魂之源》(与长谷川宏共著,近代出版)、《诗是什么》(筑摩书房)、《爱的眼睛——父亲谷川彻三留下的美的形状》(编著,淡交社)、《独居生活》(随笔集,草思社)

3月,在大连、北京、上海与中国诗人们交流。在苏州一座道观抽到运气特别好的神签。7～8月,赴美国旅行。访问坦格尔伍德音乐节。10月,出版描绘日本诗歌整体图景的《诗是什么》。

2002年　70～71岁

●《诗集　谷川俊太郎》(思潮社)、《minimal》(思潮社)

△《打开风口》(随笔集,草思社)、《声音的力量——歌曲·叙述·孩子》(与河合隼雄、阪田宽夫、池田直树共著,岩波书店)、《抵达心灵的课程》(与河合隼雄共著,小学馆)

▲《小怪兽》(昆汀·布莱克著、谷川译,好学馆)、《朋友》(和田诚绘,玉川大学出版部)

1月,《诗集　谷川俊太郎》出版,这是继《谷川俊太郎诗集》（1965年）、《谷川俊太郎诗集 续集》（1979年）之后，由思潮社出版的第三部全集性诗选集。4～5月，参加在南非德班举办的"诗·阿非利加"。6月，田原翻译的《谷川俊太郎诗选》由中国作家出版社出版。7月，参加在北京大学召开的"谷川俊太郎诗歌研讨会"。之后，与昆明、上海等各地诗人进行交流。10月，《minimal》出版，诗歌创作，从这一语言极少的诗组真正开始恢复。

2003年　71～72岁

● 《夜晚的米老鼠》（新潮社）

△ 《活在日本语中》（与高桥源一郎、平田俊子共著，创作谈集，岩波书店）、《谷川俊太郎谈"诗"》（对谈集，与田原、山田兼士共著，澪标社）、《祝魂歌》（编著，午夜新闻社）

▲ 《嗯嘛—嘛》（大竹伸朗绘，蜡笔屋）、《写吧写吧》（和田诚绘，蜡笔屋）

应国际交流基金之邀，与儿子贤作一同赴科隆、柏林、里加、巴黎进行朗诵演奏活动。2～10月，在池袋淳久堂特设"谷川俊太郎书店"，担任店长。

2004年　72～73岁

● 《蘑菇　森林仙子》（藤泽寿摄影，新潮社）

△ 《谷川俊太郎解读"诗"》（与田原、山田兼士、大阪艺术大学学生们共著，澪标社）

▲ 《点》（彼得·雷诺兹著、谷川译，罗汉柏书房）、《哥哥死了——伊拉克的孩子们和战争》（教育画剧，谷川著、伊拉克的孩子们绘）、《朝》（吉村和敏摄影，阿利斯馆）、《夕》（吉村和敏摄影，阿利斯馆）、《去哪里》（奥山民枝绘，蜡笔屋）、《伤心书》（迈克尔·罗森著、昆汀·布莱克绘、谷川译，茜书房）

1月，第二部中文版《谷川俊太郎诗选》由河北教育出版社出版。

2005年　73～74岁

● 《夏加尔和树叶》（集英社）、《谷川俊太郎诗选集》（全三卷，田原编，集英社文库）

△ 《谷川俊太郎解读"诗的半个世纪"》（与四元康祐、田原、山田兼士、大阪艺术大学学生们共著，澪标社）

▲ 《月人石——乾千惠书写的绘本》（三岛敏生摄影，福音馆书店）

3月，在中国，以2002年出版的《谷川俊太郎诗选》（田原译）获"21世纪鼎钧双年文学奖"，参加在北京举行的授奖仪式。

2006年　74～75岁
● 《喜欢》（和田诚绘，理论社）、《诗人之墓》（太田大八绘，集英社）
△ 《健康地、平静地、温柔地》（佼成出版社）、《诗人与画家——谈孩子·绘本·人生》（与太田大八共著，讲谈社）
2月，开始与太田大八的对谈，12月，汇编为《诗人与画家》出版。以这部书的出版为契机，《诗人之墓》也得以出版。6月，在户隐举办第八届"谈话和朗诵和音乐晚会"。8月，河合隼雄因脑梗死病倒，意识不清，这成为最后的晚会。

2007年　75～76岁
● 《我》（思潮社）
△ 《谷川俊太郎质询箱》（谷川著、江田七惠插图，东京系井重里事务所）

7月19日，河合隼雄去世。11月3日，在户隐举办"河合隼雄先生追思会"（由户隐"齐之会"主办），朗读吊唁诗《莅临——致河合隼雄先生》。

2008年　76~77岁
● 《二十亿光年的孤独》（W·I·艾略特／川村和夫英语译文也被收录，集英社文库）
△ 《活着——我们的思索》（角川SSC）
▲ 《色彩　在活着！》（元永定正绘，福音馆书店）、《闪闪发光》（吉田六郎摄影，阿利斯馆）
5月，与觉和歌子一起担任编剧并导演的照片电影《我是海鸥》公演。前一年出版的《我》获诗歌文学馆奖。

2009年　77~78岁
● 《孩子们的遗言》（田渊章三摄影，佼成出版社）、《特隆姆瑟拼贴图》（新潮社）、《六十二首十四行诗+36》（增加《六十二首十四行诗》中未收录的作品，收录所有英语译文，集英社文库）、《诗的书》（集英社）
△ 《活着——我们的思索　第二章》（角川SSC）
▲ 《你是傲慢的上帝——谷川俊太郎与孩子们》（儿童

诗绘本，与东京都图画工作研究会共著，三晃书房）

8月，为了杂志《Coyote》特集，赴阿拉斯加旅行七日。在《孩子们的遗言》中，以发挥浅显易懂的语言交谈的诗歌表现，在《特隆姆瑟拼贴图》中，以至今为止自己从未使用过的长诗和故事性这种诗歌表现方法，让人感受到了新的境界。

2010年　78~79岁

● 《我的心太小》（角川学艺出版）

△ 《我是这样写诗的——谷川俊太郎谈诗和人生》（与山田馨共著，七六社）、《呼吸的书》（与加藤俊朗共著，僧伽出版）、《关于日本语》（与和合亮一共著，青土社）

▲ 《从这里走向某个地方》（和田诚绘，角川学艺出版）、《森林的熊和泰迪熊》（和田诚绘，金星社）、《妈妈要生宝宝了》（约翰·伯宁罕著、海伦·奥克森伯里绘、谷川译，东方出版）、《心灵之光》（元永定正绘，文研出版）

1月，开始销售照片电影《我是海鸥》的DVD。4月，以《特隆姆瑟拼贴图》获第一届鲇川信夫奖。开启公众推特账号，关注人数超过18万，成为话题。

2011年　79~80岁

● 《mamma》（伴田良辅摄影，德间书店）、《东京叙事短诗及其他》（摄影作品和诗，幻戏书房）

▲ 《那个孩子》（塚本靖绘，晶文社）

5月，发表将前一年出版的诗选集《我的心太小》设计为电子媒体的 iPhone/iPad 版。8月，发表"狩猎诗歌"iPhone App "谷川"，探索新的诗歌媒体的可能性。

2012年　80~81岁

● 《诗邮件》（月刊，七六社）、《致女人》（川村和夫／W·I·艾略特英语译文也被收录，集英社）

△ 《喜欢的笔记本》（由安野光雄装帧设计，阿利斯馆）

4月，2011年发布的 iPhone App "谷川"获"电子书籍奖2012"文学奖。5月，开设个人主页"谷川俊太郎.com"，发表短文和自己近况等。7月，发售纪录片 DVD《诗人·谷川俊太郎》（纪伊国屋书店）。6~11月，开始每月邮寄三首未发表诗（未被诗集收录的诗）的尝试——"谷川俊太郎的诗邮件"（七六社，由株式会社竹尾提供用纸）。

图书在版编目（CIP）数据

宇宙宝丽来相机：谷川俊太郎自选诗集 /（日）谷川俊太郎著；宝音贺希格译. — 成都：四川文艺出版社，2021.6
　ISBN 978-7-5411-5861-2

Ⅰ.①宇… Ⅱ.①谷…②宝… Ⅲ.①诗集—日本—现代 Ⅳ.①I313.25

中国版本图书馆CIP数据核字（2020）第235262号

著作权合同登记号　图进字：21-2020-388

JISEN TANIKAWA SHUNTARO SHISHU
by Shuntaro Tanikawa
© 2013 by Shuntaro Tanikawa
Originally published in 2013 by Iwanami Shoten, Publishers, Tokyo.
This simplified Chinese edition published 2021
by Beijing Xiron Culture Group Co., Ltd.,Beijing
by arrangement with Iwanami Shoten, Publishers, Tokyo

YUZHOU BAOLILAI XIANGJI: GUCHUANJUNTAILANG ZIXUAN SHIJI

宇宙宝丽来相机：谷川俊太郎自选诗集

【日】谷川俊太郎　著　宝音贺希格　译

出 品 人	张庆宁
责任编辑	陈雪媛
特约监制	里　所
特约编辑	修宏烨
装帧设计	周伟伟
责任校对	汪　平

出版发行	四川文艺出版社（成都市槐树街2号）		
网　　址	www.scwys.com		
电　　话	028-86259287（发行部）	028-86259303（编辑部）	
传　　真	028-86259306		
邮购地址	成都市槐树街2号四川文艺出版社邮购部　610031		
印　　刷	河北鹏润印刷有限公司		
成品尺寸	126mm×185mm	开　本	32开
印　　张	12	字　数	165千
版　　次	2021年6月第一版	印　次	2021年6月第一次印刷
书　　号	ISBN 978-7-5411-5861-2		
定　　价	69.90元		

版权所有·侵权必究。如有质量问题，请与本公司图书销售中心联系调换。010-82069336

磨铁诗歌译丛

已出版

001 《吉檀迦利》 泰戈尔 著 伊沙、老G 译
002 《新月集》 泰戈尔 著 伊沙、老G 译
003 《飞鸟集》 泰戈尔 著 伊沙、老G 译
004 《我知道怎样去爱：阿赫玛托娃诗歌精选集》
 安娜·阿赫玛托娃 著 伊沙、老G 译
005 《一封谁见了都会怀念我的长信：石川啄木诗歌集》
 石川啄木 著 周作人 译
006 《大象：劳伦斯诗集》 劳伦斯 著 欧阳昱 译
007 《巴黎的忧郁》 波德莱尔 著 胡品清 译
008 《灵魂访客：狄金森诗歌精选集》 艾米莉·狄金森 著 苇欢 译
009 《观察：玛丽安·摩尔诗集》 玛丽安·摩尔 著 明迪 译
010 《如果我忘了你，耶路撒冷：阿米亥诗集》
 耶胡达·阿米亥 著 欧阳昱 译
011 《爱情之谜》 金·阿多尼兹奥 著 梁余晶 译
012 《这才是布考斯基：布考斯基精选诗集》
 查尔斯·布考斯基 著 伊沙、老G 译
013 《最终我们赢得了雪：维马丁诗选》
 维马丁 著 伊沙、老G 译
014 《关于写作》 查尔斯·布考斯基 著 里所 译
015 **《宇宙宝丽来相机：谷川俊太郎自选诗集》**
 谷川俊太郎 著 宝音贺希格 译

磨 铁 读 诗 会